사랑이 파리를 맛있게 했다

글·사진 **손현주**

사랑이
파리를
맛있게
했다

앨리스

객창감客窓感이라는 말이 있습니다. 기행 과정에서 무의식적으로 표출되는 정서적 낯설음을 의미합니다. 가령 이런 것이 아닐까요? 유럽 여행을 가면 참 많이 걷게 됩니다. 호젓하게 혼자입니다. 파리 노트르담대성당을 지나 해찰하며 센강을 건넙니다. 해가 지고 있습니다. 문득 걸음을 멈춥니다. 오래된 건물 창문에서 노란 불빛이 흘러나옵니다. 귓가에는 거리의 악사들이 연주하는 아코디언 소리가 들립니다. 선뜻 발걸음이 떨어지지 않습니다. 무엇인가 막혀 있던 감정의 물꼬가 터진 것 같습니다. 목젖이 내려앉습니다. 두고 온 서울 집에 대한 그리움, 그 사람 생각, 심지어는 어머니의 도마 소리까지 환청으로 들려옵니다. 그 간질거리는 재채기 같은 애수, '난 왜 여기에 서 있지?' 하는 낯선 이질감. 낭만적이지만 때로는 대책 없는 이런 감정을 여행지에서 느껴보았을 것입니다. 사유하는 느린 여행이라면 더더욱 그럴 것입니다.

기행은 말이지요, 어떤 새롭고 신기한 것을 좇는 과정입니다. 내가 살던 곳과는 다른 세계이기에 문화적 거리감이 느껴집니다. 호기심이 가득 고이지요. 기묘한 감정이 문득문득 올라오기에 힘들면서도 행복합니다. 이런 낯선 감정을 정리하는 것, 그 공간의 냄새까지 기억하며 샅샅이 파고드는 것이 여행기를 쓰는 사람들의 '들추기' 일 것입니다.

이 책은 제가 2년간 파리를 드나들며 기록한 '파리를 향한 오마주' 혹은 '파리 감성 상자'입니다. 그렇다고 달콤한 예찬만 있는 것은 아닙니다. 예술적 사유와 관찰과 사랑으로 들여다보니 도시의 아픈 구석도 들추게 되고 불편한 말도 하게 됩니다. 파리에 대한, 아니 프랑스에 대한 제 애착은 멀리 거슬러 올라갑니다. 와인 공부를 시작하던 2000년부터 시작되었으니 말이지요. 흙먼지 폴폴 날리는 밭고랑을 누비다보니 한 나라가 제 몸 속으로 쑤욱 들어왔습니다. 그 과정에서 습자지처럼 스며들었던 문화적 은유가 고였습니다.

이 책에는 프랑스 현지인들에게 직접 듣고 체득한 이야기도 있고, 어느 책 모퉁이에서 읽은 부분도 있으며, 마음속에서 울컥울컥 눈물처럼 솟구친 나르시스적 감상도 있습니다. 예술적 감성으로 내 안에 터널을 내듯, 카메라를 들고 도시를 두 발로 누비다보니 사유가 사랑으로 피어나는 것을 느낄 수 있었습니다. 미식과 요리 공부, 멋, 사진, 여행까지 몸에서 쏟아져 나오는 대로 썼습니다. 그 과정에서 '빈'이라는 한 소녀의 요리사 되기 분투기도 온기로 작동합니다. 파리를 동경하는 사람들을 위해 현지 정보도 챙겨보았습니다. 그렇게 묵히고 삭힌 지 3년이 지나서야 '파리를 맛있게 한 이유'가 세상에 나오게 되었습니다.

자못 뭉클합니다. 그런데 왜 하고 많은 단어 중에 흔하디 흔해터진

'사랑'이냐고요? 사랑은 혁명이라는 단어보다도 더 강력하게 인간을 움직이는 기제라고 여겼습니다. 미식에 대한, 자식에 대한, 요리에 대한, 사진에 대한, 여행에 대한 포괄적 흔들림이 사랑에서 출발했기 때문입니다. 여러분도 마찬가지일 것입니다.

처음에는 '파리의 맛'에만 집중할 생각이었습니다. 그런데 머물수록 지금의 파리는 맛과 관련하여 자신만의 정체성이 모호하다고 여겨졌습니다. 지구촌 다양한 음식들이 자리를 잡고 있으면서 하나의 거대한 음식의 제국처럼 변했지요. 물론 명성을 지켜가는 레스토랑도 있지만, 딱히 이것이 파리의 음식이라고 표현할 방법이 모호해졌습니다. 아직도 파리에 가야 캐비어, 푸아그라, 에스카르고, 트뤼플을 맛볼 수 있다고 여기는 사람은 없을 것입니다. 그러나 중요한 것은 파리라는 상징성입니다. 당신은 왜 파리에 가고 싶어 하고, 요리를 공부하고 싶어 하고, 맛보고 싶어 하고, 거기서만은 자유롭고 싶은지를 책 속에서 찾아보면 어떨까요?

파리에 대한 저의 사랑은 크게 세 가지로 변주되어 있습니다. 그 첫째 이야기는 당초 의도한 대로 파리 미식에 대한 호기심을 담은 것입니다. 여기에서는 미식가의 파리 맛 탐색을 만날 수 있습니다. 바게트에서 미슐랭 가이드 스타 레스토랑까지 제가 직접 맛보고 꼭 쓰고 싶은 곳만 썼습니다. 맛에 대한 이야기는 주관성이 강합니다. 그래서 행여 강요로 비칠까 봐 음식을 놓고 이런저런 말을 많이 하지 않으려고 했습니다. 대신 분위기와 배경을 그리는 데 초점을 두었습니다.

언어 문제는 늘 난관이라 파리에서 메뉴판 읽기는 등에서 땀이 날 정도로 곤혹스러운 일이었습니다. 그런데 찬찬히 자꾸 들여다보니 몇몇 단어가 눈에 들어오고, 순서가 보이며, 어떤 방식으로 조리했을지 힌트가 잡히더군요. 덧붙이자면 제가 추천한 것이 아니더라도 파리에서만 먹어볼 수 있는 새로운 맛에 도전해보자고 부추겨봅니다. 그러면서 음식에 담겨 있는 인문학적 사유까지 살짝 알고 진입한다면 미식 여행의 참 의미를 느끼시게 될 것입니다.

알토란 정보도 있습니다. 파리에서 10년 이상 산 한국인 파리지엔느와 파리지엔에게 숨겨놓고 다니는 맛집 리스트를 내놓으라고 으름장을 놓았습니다. 번역 전문가인 박은진 씨와 와인 전문가인 김성중 씨가 소개한 쏠쏠한 정보를 놓치지 마시기 바랍니다. 두 분 고맙습니다.

둘째 이야기는 요리사 빈(본명 최수빈)의 프랑스 부엌 쟁투기입니다. 지금 한국은 그야말로 스타 요리사 시대를 맞이했습니다. 그만큼 요리 공부에 대한 관심도 높아졌습니다. 책에서 자주 '그녀'라고 부르는 빈은 요리사가 되기 위해 2010년에 프랑스로 건너갔습니다. 요리 학교를 마치고 지금은 미슐랭 가이드 스타 레스토랑에서 정식 직원으로 근무 중입니다. 책을 내는 이 시점 그녀는 레스토랑에서 갸르드망제 셰프드파티Garde manger Chef de Partie, 즉 차가운 요리 담당자로 일하고 있습니다. 미식의 텃밭 프랑스에서는 어떻게 요리사를 길러내는지 그 속사포 같은 비밀 이야기가 궁금하실 것입니다.

어느 날 스무 살 소녀가 제 홀로 트렁크 두 개를 들고 리옹의 생텍쥐
베리공항에 내리는 데서부터 이야기는 시작됩니다. 전혀 말이 통하지
않는 곳에서 어학연수를 하며 좌충우돌 어려움을 겪지요. 이후 그녀는
파리로 이동하여 르코르동블뢰에 들어가 본격적으로 요리 수업을 받았
습니다. 레스토랑에 근무하기까지 일과 비자, 어학 문제 등 모든 과정을
다루었습니다. 주방에서 겪은 실수담도 있고요. 복장 터지는 인간관계,
그 속에서 흔들리는 모습, 살아내기 위해 처리해야 하는 다소 복잡한 서
류 등 곁에서 안타깝게 지켜본 것을 짚어보았습니다.

마침 비자 때문에 한국에 들어온 그녀를 인터뷰할 기회를 얻은 것은
다행입니다. 전달하는 과정에서 오류는 없을지 염려됩니다. 빈의 이야
기가 프랑스에서 요리 공부를 하려는 분들에게 용기가 되기를 바랍니
다. 왜 프랑스가 미식의 나라인지, 이 도시는 맛을 끌어내는 요리사를
어떻게 길러내는지, 그 지층 깊숙이 들어가보려 했습니다. 직업으로 요
리를 한다는 것은 단단한 각오가 필요합니다. 세상에 쉬운 일은 없지만,
요리사 역시 고단하고 열악한 환경에서 희생하며 살아가는 이들이기 때
문입니다.

셋째 이야기에서는 자유로운 영혼 '사진가 손현주'의 카메라를 따라
갑니다. 카메라를 들고 파리를 두 발로 구석구석 누볐습니다. 대한민국
국민 모두가 사진가라고 할 정도로 사진에 대한 열기가 뜨겁고 좋은 카
메라들도 넘칩니다. 하지만 사진적인 시선을 지니고 있는 작가는 무작
정 걷는 파리 거리에서 무엇을 색다르게 보고 느끼며 우리에게 질문을

던지는지 살펴봅시다. 사진을 모두 보고 나면 파리에 무척 가고 싶을지도 모릅니다.

지금의 파리는 조금 위험합니다. 덩치 큰 카메라를 멘 여행자는 늘 경계를 늦추면 안 되고요. 그런 것이 불편해서 한동안 파리에 가고 싶지 않은 적도 있었습니다. 하지만 여전히 파리는 한 계절만 지나면 통속 소설처럼 가슴속에 들어와 있습니다. 에펠탑이며 몽마르트 등 가장 흔하고 회피하고 싶은 것들부터 말이지요.

뚝딱 하면 책 한 권 나오는 시대에 좀 망설이며 숙성시킨 책입니다. 오랫동안 떠남과 자유를 꿈꾸어왔거나, 요리사를 꿈꾸거나, 미식의 낭만 미학을 추구해온 분들께 머리맡에서 곰삭아 책장이 너덜너덜해지도록 간직되어지는 콤콤한 책이 되면 좋겠습니다. 오래 기다려준 출판사와 글쓰기에 집중하도록 배려해준 가족들에게 감사의 윙크를 보냅니다.

안면도 소무펜션 동쪽 골방에서
손현주

사랑이 파리를 맛있게 했다

1부

2부

3부

Paris

종일 뭉근하게 끓인 카슐레와
토속 와인 한 잔

생각해보니 프랑스 음식이 콩콩거리며 조심스럽게 가슴속에 들어온 것은 순전히 와인 때문이지 싶다. 프랑스에서는 음식이 있는 자리라면 자연스럽게 와인 잔이 놓이며, 서로 잔을 부딪치며 웃는다. 우리 일상 또한 그렇지 아니한가. 거꾸로 어린아이 눈동자처럼 초롱하거나 석양처럼 그윽한 와인이 있는데 맛있는 음식이 따라오지 않을 리도 없다. 와인과 맛있는 음식은 연인처럼 살가우면서도 때때로 서로 안 맞아 삐지기도 한다. 그러므로 죽고 못 사는 궁합을 찾아내는 일은 짜릿하고 흥미진진한 모험과도 같다.

그런데 서로 맞추어보지 않아도 달라붙는 것이 있다. 바로 토속 요리와 그 지역에서 나는 와인이다. 그래서 와인 산지에 가면 마리아주를 따지지 않아도 어둑한 골목의 모퉁이 선술집에서 나오는 이름 모를 음식과, 허리 두툼한 여인이 막잔에 따라주는 와인이 기막히게 어울린다. 그둘의 관계를 아는 난 저만치 2000년 무렵부터 와인과 음식 근방을 배회하기 시작했다.

어디 꼽아보자. 프랑스만 해도 대표적인 양대 와인 산지인 보르도와 부르고뉴를 비롯하여 남프랑스와 보졸레 등지의 검푸른 포도밭이 심장을 훑고 지나갔다. 어쨌든 난 그들에게 신비로운 동양 손님이었고, 그들은 오래된 식탁에 나를 기쁘게 초대했다. 마당이 보이는 곳에서 가정식을 선보이기도 했고, 역사가 깃든 레스토랑으로 데리고 가 자신이 양조한 와인을 꺼내 맛을 보여주기도 했다. 개구리 뒷다리에서부터 내장 요리며 해산물까지 토속 음식을 곁들여서 말이다.

그들에게 와인은 단순한 술이 아니다. 그것은 인간의 영역을 넘어선 땅과 우주의 프로그램이다. 테루아terroir라고 일컬어지는 땅과 주변 환경은 일상을 지배하는 가장 큰 영감의 원천이다. 그래서 미국 같은 신세계 쪽 사람들이 싫어하거나 말거나 '프랑스 와인은 다르다'고 표현한다. 이러한 거대한 포도밭의 역사와 함께해온 것이 토속 음식이다. 다시 말하거니와 나는 이 땅에서 나온 와인과 대대로 이어온 토속 음식이 가장 잘 어울린다는 말을 귀가 따갑게 들었다. 1년간 땀 흘려 포도 농사를 짓고 그 결과물인 와인을 어머니의 음식과 연결 짓는 것, 그것은 곧 농사는 하늘과 맥이 닿아 있음을 말해준다.

와인과 음식의 어울림은 가령 이런 것이다. 2010년 겨울, 나는 스무 살의 빈과 프랑스 제2의 도시인 리옹 구시가지에서 가벼운 론 와인을 즐겼다. 돼지 곱창 소시지인 앙두예트와, 훈제 돼지 넓적다리인 샤르퀴트리를 펼쳐놓고서 말이다. 그것은 서울 광장시장에 앉아 족발이며 순대며 곱창을 썰어놓고 막걸리를 곁들이던 기억과도 겹쳤다.

몽펠리에 페제나스에서는 양고기와 꿀을 넣어 오븐으로 구워낸 파테 드페제나스pâtes de pézenas를 빨간 목도리 두른 현지 시인과 나누어 먹었다. 극작가인 몰리에르에 대해 이야기하면서 말이다. 함께 마신 비오니에 품종의 화이트 와인에서 스멀스멀 올라오던 꿀과 아카시아 향은 아직도 내 코끝을 간질이는 것만 같다.

한편 보르도 생테밀리옹 언덕배기 가게에서 막 구워낸 달콤한 카늘레는 오후 4시의 간식으로 그만이었다. 보르도에 가면 카늘레를 한 번쯤

먹게 되는데, 그 이유를 알면 달콤한 소테른 한 잔이 떠오를 것이다. 말하자면 이런 것이다. 와인 숙성 단계에서는 콜라주라는 과정이 있다. 발효하면서 생긴 찌꺼기를 제거할 때 달걀흰자를 풀어 넣으면 불순물이 붙어 나온다. 이때 흰자만 쓰기 때문에 노른자는 고스란히 남게 된다. 이를 보르도 수녀님들이 모아 과자로 만들었다고 하니, 그것이 바로 카늘레다. 그래서 카늘레와 현지의 달콤한 디저트 와인 한 잔은 고단한 여행자를 위한 해독제이자 비타민이 된다.

이렇듯 메인디시에서 디저트까지 그 지역의 특색을 보여주는 음식을 맛보는 즐거움은 크다. 언급한 요리에서 볼 수 있듯이 프랑스는 맛의 도시 리옹을 기점으로 내륙 쪽으로는 가금류나 동물 내장 요리 등이 발달했다. 반면 위쪽으로 올라가면 낙농업을 기반으로 한 음식 산업이 번성

하고, 남프랑스 페르피냥 등 지중해 쪽으로 가면 해산물을 이용한 부야베스나 뜨거운 태양 아래 잘 익은 채소로 만든 라타투이, 올리브유를 듬뿍 얹은 샐러드가 입에 짝짝 달라붙는다. 결국 맛을 좌우하는 핵심은 지역의 제철 식재료임을 미식의 고장에서 확인했다.

좀 더 이야기 속으로 들어가보자. 파리에서 남쪽으로 680킬로미터쯤 달리면 랑그도크라는 지역이 나온다. 여기에 속한 툴루즈, 알비, 카르카손은 로마인들에 의해 만들어진 도시로, 남프랑스 여행의 중요한 기점이다. 그중 카르카손은 중세 시대의 요새다. 다리를 건너 성으로 들어가면 어마어마한 성채가 과거의 한 토막을 방부해놓은 듯하다. 전쟁과 죽음을 상징하는 영화 세트장처럼 낯설고 기묘하다. 저녁을 즐기면서 13세기 십자군전쟁 실화라도 듣고 있자면 도저히 으스스해서 문 밖을 나갈 수가 없다. 기운이 괴기스럽다. 와인 레이블에서는 피를 상징하는 붉은 눈물이 흘러내린다. 가면을 쓰고 감옥의 죄인을 흉내 내는 홍보 요원까지 예사로 보이지 않는다. 그러나 이중으로 단단히 여며진 성곽에 서면 탄성이 터져 나온다. 사통팔달 요새인 성을 중심으로 펼쳐진 마을과 포도밭이 장관이기 때문이다.

카르카손에 대한 두려움을 잊게 해준 것은 음식이었다. 성 안의 레스토랑에서 맛본 걸쭉한 스튜인 카술레가 그러했다. 육류와 소시지를 이용한 카술레는 본래 스페인 바스크의 토속 음식이다. 카르카손이 바스크와 접경 지역이어서 그곳의 음식으로 받아들여진 듯하다. 요리사가 직접 나와 카술레에 대해 설명해주었다. 더불어 그르나슈, 무르베드르, 카리냥 품종의 카르카손 와인을 따라주었다. 걸쭉한 카술레는 국물 갈증을 느끼고 있던 동양인 여행자의 여독을 풀어주기에 충분했다.

들은 바에 의하면 카술레는 300년 전부터 내려오던 농부들의 보양 음식이다. 만드는 방법은 단순하다. 큰 도기 그릇에 콩과 돼지고기, 소시지를 넣고 고기즙과 마늘, 양파, 고깃가루, 향신료로 맛을 내 종일 뭉근하게 끓인다. 더 풀어내자면 이러하다. 농부들은 아침에 일을 나가면서 전날 먹다 남은 식재료를 모두 솥에 넣고 페치카 위에 걸어두었을 것이다. 고단한 저녁, 집으로 돌아오면 솥에 들어 있던 것은 끓고 졸아서 먹기 좋은 진한 국물이 되어 있었을 것이다. 그들은 단백질이 풍부한 고깃국을 나누어 먹으며 고된 하루 일과를 접었으리라. 농부들의 기도 같은 음식인 카술레. 거기에 막잔에 따라 마시던 토착 품종의 와인은 얼마나 맛있고 달았겠는가. 음식은 바로 그런 것이다. 그것은 지역의 문화와 생활과 역사 그 어느 것도 떼어놓고는 말할 수 없는 인문학적 덩어리다. 프랑스의 미식가이자 철학가인 장 앙텔름 브리야사바랭 Jean Anthelme Brillat-Savarin 은 이렇게 말했다.

"네가 무엇을 먹었는지 말해주면 네가 누구인지 알려 주겠다."

이것은 음식이 한 시대에 어떤 문화적 의미로 작동하는지를 잘 말해 준다.

혁명과 음식

파리만큼 식도락을 즐기기에 좋은 도시도 드물 것이다. 맛있는 집들은 도시에 모여 있다고 했는가. 각 지방의 빼어난 음식이 파리로 속속 들어왔다. 아울러 아시아, 중동, 아프리카에 이르기까지 지구촌의 에스닉 푸드가 도시를 벌집처럼 파고들었다. 워낙 다양한 민족이 어울려 있거니와 각각의 문화를 인정하는 도시이니 음식 또한 자연스럽게 자리 잡았을 것이다.

하지만 프랑스는 큰 덩어리로서의 정체성도 분명히 가지고 있다. 이 나라는 지중해, 대서양과 접해 있고, 북쪽으로는 대륙성 기후까지 보이며 열대에서 한대까지 걸쳐 있다. 그런 만큼 다양한 식재료가 생산되는, 유럽 제일의 농업 국가다. 역사적으로 보면 라틴족, 게르만족, 켈트족이 모여 이룬 나라로서, 각 민족의 특성이 살아 있는 독특한 음식 문화가 있다. 파리의 북쪽 지역 음식은 버터에 작은 양파처럼 생긴 향신료인 샬롯을 들들 볶아 향을 내는 것이 기본 스타일이다. 반면 남쪽으로 내려가면 과일과 채소가 풍부하다. 여기서는 날씨가 더워서 염장 식품이 발달했다. 남쪽 음식은 올리브유에 마늘을 볶는 데서 시작한다. 식재료가 좋은 이 남서부의 음식은 가난을 피해 북쪽으로 올라온 토착민들에 의해 빠르게 파리 속으로 스며들었다. 바스크를 비롯한 남쪽 음식은 지금 파리에서 게릴라처럼 퍼지고 있다. 그것은 오트퀴진haute cuisine과 누벨퀴진nouvelle cuisine으로 상징되는 프랑스 음식의 지루함에 대한 반기이자, 독창적이고 토속적인 지역 음식에 대한 관심과도 맞물린 것으로 보인다.

좀 더 연원을 거슬러 올라가보자. 프랑스 음식을 이야기할 때면 언제나 왕실의 고급 식단이 그 출발점이 된다. 이것은 1533년 이탈리아 메디치 가문의 카트린 드 메디시스가 프랑스 여왕이 되면서 시작된 변화다. 피렌체에서 르네상스 부흥을 일으킨 메디치 가문의 그녀는 프랑스 발루아 가문의 앙리 2세에게 시집오면서 이탈리아의 다양한 문화도 들여왔다. 프랑스의 '야만적인' 식문화에 놀란 그녀는 포크와 나이프를 테이블에 올렸고, 궁중의 식탁 예절도 바꾸어놓았다. 무엇보다도 훌륭한 요리사들을 데려왔다. 오트퀴진으로 일컬어지는 프랑스 고급 요리와 테이블 매너는 이 요리사들에게서 시작되었다.

프랑스 미식의 대중화는 이 찬란한 궁정과 귀족 문화에 대한 거부감에서 꿈틀거리기 시작했다. 귀족들의 사치가 극에 달하면서 분노한 시민들은 일어났다. 그렇게 18세기 프랑스대혁명은 코뮌의 깃발 아래 최소 2만 명의 목숨을 앗아갔다. 그 뒤 약 100년간 행정 구역으로서의 파리는 완전히 사라졌다. 나폴레옹 3세가 파리를 재정비하기까지 이 도시는 길고 긴 고통의 강을 건너왔다.

프랑스혁명 당시 화난 민중은 귀족들을 단두대에 올렸다. 그들과 같이 살던 요리사들은 족쇄에서 풀려났지만, 먹고 살아야 하니 거리로 나선 것은 당연하다. 그 요리사들은 레스토랑을 열었을 것이고, 귀족들만 맛보던 귀한 음식을 대중에게 선보이게 되었다. 파리의 음식은 이들로 인해 고급화되고 새롭게 조명받는 계기가 되었다. 그 문화가 지금까지도 이어져 고급 레스토랑에 가면 재킷을 갖추어 입어야 하는 등 과거의 예절이 요구된다. 파리가 미식의 도시로 인식된 지점은 바로 여기일 것이다.

음식도 시대를 반영하면서 진화를 거듭한다. 사람들의 취향 또한 다양성에 무게를 둔다. 파리에는 여전히 샘물처럼 근원적인 맛을 퍼 올리는 두레박이 있고, 뚝뚝 떨어지는 물줄기처럼 일상을 청량감 있게 변주하는 주변적인 음식이 있다. 그 경계를 적당히 넘나드는 것은 여행자의 몫이다.

여행자의 처지에서 보면 트렁크에 드레스와 재킷을 넣어야 하는 것은 귀찮은 일일 수 있다. 하지만 1년을 쉴 새 없이 달려온 자신에게 하룻밤의 사치와 격도 허용하지 않는다면 얼마나 무미건조하겠는가. 낭만으로 보상을 받자. 그곳의 문화를 이해하고, 석 달 전에 레스토랑을 예약하고, 그날을 위해 의상을 준비해보자. 여행은 그런 과정에서 더욱 빛나는 법이다.

바게트 먹으러 파리 간다고?

"파리에 살면 단골 빵집이 생기기 마련이에요. 늘 같은 시간에 바게트를 사기 위해 줄을 서죠. 젊은 남녀들은 곧잘 사랑에 빠진답니다."

어느 책에서 읽은 구절이다. 빵집 앞에서 만들어지는 사랑이라니 파리에서만 가능한 일이 아닐까? 제법 낭만적이고 고소할 것 같은 빵집 로맨스다. 여행지에서 맞는 새벽은 특별하다. 내게 예술적 영감을 주는 시간이기도 하다. 빛이 느리게 시작되는 시점, 텅 빈 골목에 서면 마치 영화 속의 외계로 통하는 어느 기점에 서 있는 것처럼 느껴진다. 금 그어놓고 보존하는 문화재처럼 당최 사람이 살 것 같지 않은 건물들. 그 빼곡하고 공허한 아침에 적응하는 것 또한 쉽지 않았다. 건물 사이에서 노인이 불쑥 튀어나오기라도 하면 마치 시간을 되돌려 과거 어느 곳에 서 있는 착각마저 들었다. 그런데 등 굽고 머리가 흰 노인이 가고 있는 곳은 불랑주리라 불리는 빵집이다. 저녁 어스름 무렵에도 그런 풍경을 보게 된다. 그도 나도 한 끼를 먹기 위해 같이 줄을 서면 모종의 인간적인 동질감도 느낀다.

파리 사람들이 이토록 사랑하는 바게트에는 깊은 사연이 있다. 프랑스의 바게트는 나라에서 정한 규격과 맛이 있다. '길이 80센티미터에 무게 300그램. 연한 크림색에, 겉은 바삭하고 눌렀을 때 적당한 탄력과 함께 기공(구멍)이 있어야 함. 맛은 담백하고 고소할 것!' '모든 시민은 평등해야 한다'는 프랑스혁명의 이념은 바게트에도 적용되었다. 그리하여 프랑스인들은 똑같은 크기와 맛의 바게트를 먹게 되었다. 세상에, 주식의 규격을 규정하는 나라도 있다니! 만약 한국에서 밥사발 크기며 밥알 숫자며 그 맛을 일률적으로 규정했다면 어떤 반응이 나올까?

바게트는 실제 모양도 그렇듯이 '지팡이'라는 뜻을 가지고 있다. 그 길쭉한 모양 때문에 유독 눈에 띈다. 프랑스에서 바게트를 만들 때는 첨가물이나 색소 없이 오직 밀가루, 물, 소금만으로 반죽해서 이스트나 자연 발효를 통해 구워내야 한다. 그런데도 지역마다 그 맛과 모양이 달라 약 70종의 바게트가 있다고 한다. 파리에 가면 바게트 말고도 먹어보아야 할 유명한 빵이 몇 가지 더 있다. 내 기준으로 꼽아보자면 크루아상, 브리오슈, 마들렌, 팽오쇼콜라 정도가 되겠다.

파리는 가난한 여행자들에게 관대하지 않다. 음식 값이 생각보다 비싸기 때문이다. 그러니 이 맛있고 상대적으로 저렴한 바게트는 젊은 여행자들이 환호할 만한 주식이자 술안주이자 간식이다. '바게트만 씹다와도 파리는 맛있다'라는 이야기를 하게 되는 이유다. 할아버지의 할아버지 대부터 빵을 만들어오며 문턱이 닳도록 단골들이 드나드는 작은 빵집들은 바로 파리를 만들어낸 인문학의 바닥이자 역사다.

그런데 이 도시에도 밥 먹을 시간이 부족한 파리지엔들이 많은 모양

이다. 출근 시간대 거리에는 의외로 바게트를 옆구리에 끼고 뜯어 먹으면서 걷는 사람들이 많다. 직장인들은 점심도 가볍게 샐러드나 샌드위치를 먹는다. 그리고 오후 4시쯤 빵집에서 내놓는 간식 구테 gûter를 즐기고, 8시 정도에 저녁을 먹는다. 저녁에는 고기를 포함하여 전식—본식—후식 코스로 제대로 즐긴다. 많은 대화를 나누며 아주 느리게 자분자분 정찬을 즐기는 모습은 부럽기도 했다.

파리의 슈퍼를 드나들다보면 '혼자 살기 좋겠구나' 하는 생각이 든다. 포크만 있으면 팩을 뜯어 즉석에서 즐길 수 있는 싱싱한 샐러드나 치즈, 양상추, 토마토 등이 반조리 상태로 진열되어 있다. 맛과 신선도 어느 것도 빠지지 않는다. 신선한 채소를 끼운 바게트 샌드위치면 저렴하고 간단하게 한 끼를 해결할 수 있다. 슈퍼에 가면 와인도 장바구니에 꼭 챙겨 넣게 된다. 프랑스는 10유로 안팎의 저렴하고 유통 과정에서 열화를 겪지 않은 신선한 와인의 천국이다. 스파클링 와인부터 화이트, 레드, 디저트 와인이 진열장을 좍 채우고 있으니 와인 애호가는 날마다 즐겁다.

동네 빵집이 아니어도 파리 어디서나 만날 수 있는 프랜차이즈 폴 Paul도 여행자들에게는 고마운 빵집이다. 특히 르그르니에아팽 Le Grenier a Pain은 2010년 바게트 콩쿠르에서 우승을 하고 대통령궁으로 공식 납품을 하는 소문난 빵집이다. 파리에만 열네 곳의 지점이 있다. 그런가 하면 르불랑제르드몽주 Le Boulanger de Monge의 바게트도 파리에서 맛있기로 손꼽힌다. 유기농 밀가루를 사용하는 이곳은 파리에서 제일 오래된 제과점인 스토레 Stohrer의 옆에 있다. 또한 팽오쇼콜라와 크루아상이 맛있는 블레쉬크레 Blé Sucré도 추천한다. 12구에 있다. 참고로 마카롱이나 타르트 등의 디저트를 사려면 파티스리 patisserie를 가야 한다. 빵집을 뜻하는 불랑주리에서 한두 가지 같이 파는 곳이 있기는 하다.

굴과 샤블리가 진리라고?
노, 앙트르되메르!

난 '모든 것이 다 있는' 파리에 머물면서 지독히 지방의 맛을 그리워했다. 특히 해산물에 대한 향수가 컸다. 여행 중 문득문득 보르도가 생각났다. 보르도의 지롱드강을 따라가다보면 가론과 도르도뉴 사이로 앙트르되메르가 나온다. 산을 타고 내려오는 민물과, 강을 타고 들어오는 짠물이 만나 파도를 일으키며 휘도는 곳. 이곳의 아르카숑 굴과 정말 잘 어울리는 것이 앙트르되메르 주변의 화이트 와인이다.

한 번은 조상 대대로 이 고장에서 살았다는 귀족 출신의 샤토 드 무샥Chateau de Mouchac에게서 점심 초대를 받았다. 앙트레로는 굴이 나왔다. 보르도에 있는 동안 질 좋은 레드 와인과 스테이크를 끊임없이 먹었기 때문에 굴을 보자 엔돌핀이 도는 것 같았다. 이곳의 굴은 한국의 것과는 달리 바다 내음이 강하지 않다. 아니 심심할 정도로 비린 맛이 거의 없다. 레몬즙을 살짝 뿌려 앙트르되메르 세미용과 소비뇽을 블랜딩한 화이트 와인을 곁들였다. 얼마나 맛있었는지, 주인이 별스럽지 않은 도자기 접시를 놓고 동양의 어느 나라 것인지를 물었을 때 귀찮아서 그냥 중국 그릇 같다고 해버렸다. 그래서 내 기억 속 굴과 와인의 마리아주는 샤블리 화이트가 아니라 앙트르되메르다.

그런가 하면 페르피냥 바닷가에서 동양의 여행자를 신기하게 바라보던 젊은 요리사의 샐러드도 지독히 맛있었다. 그는 채소에 멸치절임인 앙슈아를 얹고 이름 없는 동네 화이트 와인을 내왔다. 프랑스형 안초비인 앙슈아는 조금 비렸지만 우리의 젓갈을 떠올리며 별미를 즐겼다. 거칠고 드라이한 지역 화이트 와인이 채소를 곁들인 짠맛의 앙슈아를 기막히게 품어낼 줄이야. 앙슈아 만드는 법을 물어보았다.

"멸치에 식초를 부어 일주일 동안 절인 후 올리브유, 월계수, 타임, 로즈마리, 마늘 등을 넣고 저장해요."

보졸레에서는 이런 경험도 했다. 겨울날 추위에 벌벌 떨며 먹던 코코뱅. 그것은 보졸레 생타무르 와인과 반짝거리며 궁합을 이루었다. 어쩌면 이 많은 음식 기행이 파리 음식을 소극적으로 바라보게 한 것인지도 모르겠다. 그래도 파리는 프랑스 음식의 중심가임이 틀림없다. 요리 사조의 맥을 이끌면서 변화를 빠르게 받아들이는! 그곳에는 지방의 온갖 색채가 녹아 있다.

"파리에서 지금 무슨 일이 일어나는지 알고 싶다면 미슐랭 가이드를 살필 필요가 없다."

요상하게 뒤틀린 이 말은 파리에서 10년간 거주 중인 미국인 음식 비평가 맥짐벡이 한 것이다. 그는 최근 미슐랭 가이드에서 별 두세 개를 받은 식당의 음식을 먹고 이와 같이 말했다. 이런 식당에 점심을 먹으러 두 명이 간다면 1,100유로로(약 136만 원)을 써야 하는데, 과연 그 돈을 내고 먹을 만한지 의문을 표한 것이다. 시내 중심가에 자리하면서 화려한 공간과 호화 서비스를 제공할지는 몰라도 음식만 놓고 본다면 결코 제값을 하지 못한다는 것이다.

파리를 여행 중인 사람이라면 한 번쯤 미슐랭 가이드 스타 레스토랑에서 즐겨보고 싶을 것이다. 그러나 부피를 키워가고 있는 만큼 맛의 중심이 흔들리고 있다는 느낌이 든다. 대신 비평가들도 언급하듯이 외곽으로 작지만 저렴하면서도 맛이 알찬 식당들이 있다. 그곳에는 미슐랭 가이드의 별점은 없어도 낭만과 사람 사는 정이 있다. 그것이야말로 파리를 지탱해주는 맛일지도 모른다. 점심 식사로 30~60유로면 최상의 맛을 경험할 수 있다. 참고로 미슐랭 가이드에서 별점을 한 개만 받은 곳이라도 1인당 최소 80유로는 지불해야 점심을 먹을 수 있다.

달콤하고 화통하며 은밀한
파리의 재래시장

파리에서 전통 재래시장이나 벼룩시장을 들르지 않는다면 반쪽 여행이나 다름없다. 파리 사람들이 무엇을 먹고, 어떤 것에 관심 있으며, 문화적 시간을 건너왔는지 알고 싶다면 시장통으로 가볼 일이다. 파리의 재래시장은 단순히 물건을 사고파는 공간만은 아니다. 시장이 공원이나 광장에 위치해 있는 점을 눈여겨볼 필요가 있다. 그만큼 접근성이 좋다. 주말이면 시장은 가족 모두 나서는 산책길이 된다. 사람들은 이곳에서 같이 음식을 즐기고, 대화를 나누고, 이웃과 소통한다. 농민들은 직접 만든 음식이며 지하 저장고에 있던 정체불명의 올드 와인까지 아낌없이 꺼내어 온다. 그 밖에도 유기농 잼, 채소, 꿀, 오일, 올리브, 신선해 보이지는 않으나 귀한 생선, 소시송, 치즈, 갓 구운 빵, 꽃 등을 보고 있으면 '파리의 역사는 시장의 역사'라는 말이 실감난다.

그렇다면 역사 속의 파리 시장은 어땠을까? 프랑스 소설가 에밀 졸라가 '파리의 복부'라고 부른 레알은 모든 식료품을 공급하던 중앙 시장이었다. 본래는 유아들의 무덤이 있던 곳이다. 여기에서는 각 지구별로 나누어져 좌판이 펼쳐졌다. 시장의 힘은 막강하여 정치적 파벌의 온상이었다고 한다. 레알만의 시계와 절기가 있었다고 할 정도다. 골목골목 돈의 흐름에 따른 뜨거운 암투가 벌어졌을 것이다. 이후 지하쇼핑센터가 들어서면서 시민들을 위한 정원이 형성되었다. '정육점과 빵집을 핸드폰 가게로 대체하지 않기 위한' 베르트랑 들라노에 파리시장의 노력이 있었다. 그 정도로 시장에 대한 파리 사람들의 애착은 컸다.

그럴 만도 한 것이 한 나라의 중심지에서 시장이 가지고 있는 상징성은 크다. 옛날 시장이라는 곳은 시골 사람들이 밤새 걸어와 볼일을 보고 사람을 만나고 물건을 사는, 도시의 또 다른 흡입구이자 배출구였다. 사람들은 마음먹고 올라와 이발을 하면서 시시콜콜 집안 이야기를 하거나 불편했던 이빨을 뽑았다. 혹은 소매 깃을 당겨 비밀리에 거래를 하거나 협상했다. 시위나 폭동이 불처럼 일어나기 시작한 곳도, 아픈 시절 죄인을 공개 처형을 하던 곳도 시장이다.

14세기의 문헌을 들추어보면 당시에도 구역 다툼이 있었음을 알 수 있다. 즉 사냥한 야생 조류를 파는 곳, 생선을 파는 곳, 새끼 돼지가 있어야 할 곳, 향료와 포도주 파는 곳 등 각 영역 간에는 넘지 말아야 할 경계가 있었다. 상인들 사이에 그들만의 원칙이 있었던 것이다. 이 공공장소는 파리를 들어오고 나가는 사람들이 늘 어깨를 부딪히는 복잡한 통로로 활기가 넘쳐났다. 이러한 빈민 시장에서 전통이라는 이름을 단 서민 음식이 탄생했다. 우리의 오일장에서 장터국밥이나 국수를 빼놓을 수 없는 것처럼 프랑스의 대표적인 음식 중 하나인 양파수프가 처음 생겨난 곳도 이곳 레알시장이라는 설이 있다. 각종 식료품을 파는 노천시

장이었으니 아마도 팔다가 남은 자투리 음식이 많았을 것이다. 쇠고기 부스러기와 양파, 치즈, 딱딱한 빵까지 넣고 푹 고아낸 것이 바로 양파 수프다. 이것은 빵이 눅진하게 녹아들어 있어 걸쭉하다.

레알은 노트르담대성당이나 시테섬과 가깝다. 몇 분 내에 퐁피두센터 와도 만나고 마레 지구로도 바로 연결된다. 가히 장이 형성될 만한 파리 의 배꼽이다.

생각해보니 내가 자주 들르던 생메리성당도 근처에 있다. 이 성당은 17세기 중엽에 설치한 파이프오르간으로 유명하다. 창을 통해 들어오는 볕이 좋아 나는 종교와 상관없이 종종 넋 놓고 앉아 있다가 왔다. 가끔

성당 내에서 사진전이 열리기도 해서 내게는 각별했다. 성당이 문 닫을 무렵, 사람들이 몰려나오면 비둘기가 일제히 지붕 위로 날아올라 장관을 연출한다. 성당 모퉁이를 돌아 광장 쪽으로 나서면 스위스의 조각가 부부인 장 팅겔리와 니키 드 생팔이 스트라빈스키의 「봄의 제전」에 영감을 받아 제작했다는 형형색색의 '스트라빈스키 분수'가 반긴다. 불새, 코끼리, 여우, 뱀, 음자리표 등 열여섯 개의 조각이 물속에서 춤을 춘다. 광장에는 늘 사람들이 몰려 있고, 예술가들은 그리고 지우면서 끊임없이 무엇을 표현한다. 그런 연결점이 레알이다.

레알이 재래시장으로서의 역할을 내주기는 했으나, 그와 멀지 않은 곳에 특성 있는 재래시장들이 숨어 있다. 대개 이른 아침에 열리는 이곳은 장을 보고 이웃들과 선 채로 인사를 나누고 식탁에 올릴 신선한 채소와 꽃을 사 들고 귀가하는 전형적인 파리지엔과 파리지엔느로 늘 복잡하다. 시대만 바뀌었지 그 역할은 비슷할 것이다.

이른 시간임에도 파리의 자존심 강한 할머니들은 스카프에서 구두까지 완벽하게 치장을 하고 나온다. 숨구멍처럼 촘촘히 박힌 가게에서는 닭, 제철 과일, 치즈, 푸아그라 등에서부터, 대대로 이어져온 장인 정신으로 만든 물건들이 펼쳐진다. 어떤 것은 다른 데보다도 더 비싸다. 하지만 그 가치를 인정하는 단골들이 늘 찾는다. 여기에 관광객들까지 가세한다. 그러다보니 파리시에서는 재래시장을 더욱 활성화하여 점차 늘려가려고 하고 있다. 1920년도에 만든 라스파이시장은 십여 개의 유기농 시장 중에서도 대표적인 곳으로 손꼽힌다. 그런 만큼 역사와 문화가

깊이 숨 쉰다.

파리 최초의 시장은 5세기 무렵 시테섬에 들어섰던 팔뤼시장이다. 파리의 시장들은 점차 호응을 얻으면서 1860년에는 51개로 증가했고, 현재는 약 95개 정도 있다. 파리 20개 구에는 82개의 식품 시장이 있다 (www.paris.fr 참조). 야외 시장은 오전 7시부터 오후 2시 30분까지 서고, 실내 시장은 시간 제한이 없다. 게으름뱅이들을 위한 오후 시장도 있다. 한편 프랑스 전역에는 약 7천 개의 시장이 있다.

파리지엔의 아침 연습

전 세계적으로 해마다 한날한시에 출시하는 것으로 유명한 보졸레누보 와인의 원산지에서 일주일을 묵은 적이 있다. 당시 이례적인 한파가 몰아쳐 기온은 영하 6도까지 떨어졌다. 문제는 숙소였다. 호텔도 밤이면 추운데, 난방에 단점이 많은 시골 펜션에서 일주일을 견딜 생각을 하니 끔찍했다. 실제로 그랬다. 숙소는 포도 농사를 짓는 주인이 오래된 시골 농가를 개조한 것이었다. 여름에는 제법 낭만적일지 모르겠으나 겨울 공기는 만주 벌판 같았다. 내가 묵은 방은 1층 대문 옆이었다. 흰색 벽돌로 둘러져 있었고 빨간색 커튼이 자극적으로 걸려 있었다.

'여기는 분명 마구간이었을 거야.'

구시렁구시렁 불안으로 시작된 여행이었다.

난방 기구라고는 요란한 소리를 내는 소형 온풍기 하나가 전부였다. 그마저도 이 방 저 방에서 쓰니 전력이 달려 전기가 끊어지기 일쑤였다. 밤새 겨우 버티고 나서 아침에 일어나 대문 밖을 나서니 별천지였다. 포도밭은 물론이고 동네 울타리 나무마다 상고대가 하얗게 매달려 있었다. 평생 보기 힘든 풍광이리라. 이불을 세 개나 덮고 새우잠을 자고 나니 온몸이 다 쑤셨다. 그 고생을 한 이후로 겨울 여행을 할 때면

의료기점에서 산 방석만 한 전기 찜질팩을 들고 다닌다. 등짝에 이것을 넣고 자면 유럽의 겨울도 거뜬하다.

그런데 더 힘든 것은 프랑스 평범한 가정의 아침 식사였다. 밤새 떨고 일어나 식탁에 앉으면 내주는 것은 커피와 빵, 주인이 만들었다는 잼, 요거트가 전부였다. 그나마 타르틴, 크루아상, 페이스트리를 다양하게 내주어 맛있다는 유명 빵은 맛보았지만, 속을 뜨끈하게 데울 수 있는 음식은 아무것도 없었다. 이틀째 되는 날 안주인에게 부탁했다.

"마담, 따뜻한 우유와 코코아, 달걀 프라이를 부탁해요."

그들로서는 아침에 달걀 프라이를 요구하는 손님이 달갑지 않았겠지만, 정말로 그것마저 없으면 앓아누울 것만 같으니 어쩌겠는가.

에스프레소를 즐기는 파리 사람들도 아침에는 우유를 듬뿍 탄 카페크렘을 좋아한다. 프랑스에서는 관광지가 아니면 우리가 입에 달고 다니는 아메리카노를 찾기 힘들다. 그것과 유사한 것으로 연하고 양이 좀 많은 카페알롱제가 있다.

이렇듯 프랑스식 아침 식사는 정말 단출하다. 갓 구운 바게트에 버터나 잼을 발라 가볍게 먹는다. 쿠키로 해결하기도 한다. 나는 초콜릿 칩이 들어간 팽오쇼콜라에 조금 진한 커피 한 잔 하는 것을 좋아했다. 그런데 이 식사가 익숙해지면 파리에서 살 만하다고 여겨지면서 무엇보다도 편하다. 겉은 바삭하고 속은 촉촉한 정말 맛있는 바게트를 뜯어 먹고 있으면 파리에 잘 왔다고 여겨지기 때문이다. 흔하지 않지만 화덕 빵집이 가까이에 있다면 정말 복 받은 것이다. 일반 가게는 10시는 되어야

문을 열지만, 이런 빵집에서는 새벽 3시면 빵 모양을 만들어 4~5시부터 고소한 냄새를 풍기기 시작한다. 아침 분량만 만드는데, 아침 7시 정도면 빵을 사려는 근처 주민들로 붐빈다. 여행 중이라도 동네 맛있는 빵집을 알아두었다가 줄을 서보면 어떨까? 파리지엔의 아침 연습이랄까. 혹은 출근하는 파리지엔처럼 지하철역 근처 바에서 에스프레소 한 잔 톡 털어 넣고 움직이는 것도 좋겠다.

느리게 어슬렁거리며 즐기는
주말 노점 브런치

주말이면 손에 물을 묻히기가 싫다. 게으르게 어슬
렁거리고 싶고, 누가 해주는 늦은 아침을 먹고 싶다.
이것은 동서양 어디에서나 마찬가지인 모양이다. 파
리라고 다르지 않다. 냉장고가 비었다. 시장도 볼 겸
아침을 먹으러 나서는 것은 파리인들의 일반적인 주
말 풍경이다. 나도 늦잠 자는 빈을 보채본다. 늦은 오
전이지만 가까운 북마레 재래시장에서 사람의 훈기를
느끼고 싶기 때문이다. 그곳에는 부르타뉴가를 중심
으로 부티크와 갤러리, 카페 등이 몰려 있다. 멋을 부
리지 않은 듯 멋을 부린 파리지엔들과, 부자처럼 보
이고 싶어 하지 않는 진짜 부자들인 보보족들의 날렵
한 감성을 만날 수 있는 아주 유니크한 골목이다. 하
지만 의외로 이곳에는 파리에서 오래된 전통 시장 중
하나인 앙팡루즈시장이 있다. 주택과 상가 사이로 자
칫 지나치기 쉬운 골목인데, 어떻게 이렇듯 매력적인
시장이 숨어 있는지 의아하다. 꽃, 유기농 채소, 빵,
엽서, 사진류, 문구류, 이탈리아 음식, 인도 음식 등
파리 감성과 이국적인 감성이 혼재해 있다.

서둘러야 했는데 시간이 좀 늦었다. 일부는 이미
철수했다. 음식점을 중심으로 노천 테라스가 발 디
딜 틈 없이 복잡하다. 삼삼오오 가족들과 늦은 아침

을 먹기 위해 모인 사람들이다. 인기 있는 음식점이면 줄이 길다. 바람
기 가득해 보이는 이탈리아 가게 아저씨는 대가 세 보이는 아내가 눈치
를 주어도 동양 여인에게 손을 흔들며 친절을 베풀고, 수제를 자랑하는
유명한 할아버지 크레페 가게는 재료가 동이 나 철수를 준비 중이다. 그
중 인도 음식점의 줄이 길었다. 문득 어느 겨울날 인도를 여행하던 생각
이 났다. 그 줄에 끼어 있다가 커리와 몇 가지 전통 음식으로 아침을 먹
었다. 인도 거리에서 나던 커리 냄새가 기억 저편에서 새어 나왔다.

새벽장이 많지만 라이프 스타일이 변하면서 요일별로 오후에 열리는
장도 속속 생겨났다. 구별로 특화된 시장이 눈길을 끈다. 3구에는 부티크
가게가 많다. 4구 시테시장에서는 매일 오전에는 꽃 시장이, 일요일 오전
에는 새 시장이 열린다. 8구 샹젤리제에서는 목요일, 토요일, 일요일에
하루 종일 특이하게도 우표 시장이 열린다. 11구의 바스티유시장과 14
구에서는 예술품들이 선보인다. 길가에 화가와 사진가와 조각가들이 나
와 좌판을 깔고 판매한다. 한편 토요일과 일요일에 열리는 방브벼룩시
장, 토요일에서 월요일까지 18구에서 열리는 생투앵벼룩시장(클리냥쿠
르), 20구에서 열리는 몽트레유벼룩시장도 관광객들에게 인기가 높다.

앙팡루즈시장
🏠 39 Rue de Bretagne, 75003 Paris

파리지엔느의
단골집

파리에서 10년 이상 산 이들은 어떤 단골집을 드나들까? 목적을 두고 잠깐 다녀가는 여행자들과는 달리 이들이 소개해주는 밥집은 어딘지 진득한 이유가 있을 것만 같다. 번역 전문가 박은진에게 물어보았다.

파리를 흥분시킨 매운 사천음식,
두푸아플뤼드피멍

간판 이름을 풀면 '(매운) 고추가 두 배 이상 들어간'이다. 대놓고 통각을 자극한다. 대체 얼마나 맵기에 파리를 흥분시키는 것일까? 꼭 매운맛 때문만은 아닐 것이다. 파리라는 도시는 음식에서도 다국적 문화를 인정한다. 그러니 미식에 접근하는 마음도 열려 있을 것이다. 파리에 오래 살다보면 가끔 이방인으로서 나른하고 지칠 때가 있다. 그런데 이 맵고 조미료 맛 강한 음식을 먹고 나면 이상하게 욕구가 솟는다. 매운맛이 주는 적당한 긴장감. 그것은 아무래도 식욕을 증진시켜 일상에 대한 의욕까지 솟게 하는 것은 아닐까? 3, 4년 전부터 소문난 이 사천 음식 전문점인 두푸아플뤼드피멍 Deux Fois Plus De

Piment은 매운 음식이라면 질색인 파리지엔들을 길게 줄 서게 만들었다.

이곳에 가면 꼭 시키는 음식이 사천식 가지 요리인 오베르진사베프아송 aubergines saveur poisson이다. 생선 소스를 베이스로 다진 마늘을 듬뿍 넣는다. 늘 느끼는 것이지만 가지가 기름을 먹으면 기막히게 맛있다. 한편 부드러운 만두피 속에 들어 있는 돼지고기의 고소함이 일품인 손만두 라비올리스촨피멍 raviolis sichuan piment도 시켜야 한다. 만두 위에 뿌린 매콤한 생선 소스가 입에 척척 감긴다. 파리지엔들에게는 특히 닭고기와 땅콩에 파, 마늘을 충분히 넣고 사천식 간장 소스로 버무린 풀레에페리알 poulet Impérial 이 인기가 있다. 테이블이 몇 개 되지 않는 데다가, 요즘 프랑스인들에게 인기가 좋아 저녁 식사를 하려면 반드시 전화 예약을 해야 한다. 모든 음식은 포장도 가능하다.

두푸아플뤼드피멍
🏠 33 Rue St-Sebastien, 75011 Paris
📞 +33 1 58 30 99 35
🕐 12시~14시, 18시~22시

한입 타파스와 샹그리아,
보데가수와썽캬트르

스페인 속담에 "먹으면 먹을수록 식욕이 더 난다"라는 말이 있다. 과일과 채소를 달게 하는 지중해 날씨와 풍부한 해산물은 스페인의 식재료를 풍성하게 만들었다.

식탁이 넘쳐났으니 식욕 또한 왕성했을 것이다. 이런 좋은 식재료 덕분에 즉석에서 즐길 수 있는 타파스가 태어났다. 타파스는 스페인 사람들이 식사 전에 술과 곁들여서 간단히 먹는, 한입 거리의 전채 요리다. 작은 그릇에 담아 이쑤시개를 꽂아서 내놓는다. 1인분이면 두 입에 나누어 먹을 정도의 양이다. 전통적으로는 즉석에서 바로 썰거나 익혀 내온다.

이렇듯 과하지 않게 한 입 타파스와 달콤한 샹그리아를 마실 수 있는 곳이 스페인 바와 레스토랑을 겸하고 있는 보데가수와썽캬트르Bodega 64다. 특히 이곳에서는 한국식 오징어튀김과 작은 냄비에 따끈하게 통째로 내오는 맛조개 타파스 쿠토couteaux가 인기다. 짭조름한 맛조개를 올리브유에 노릇노릇 구워 파슬리와 향신료를 뿌려 바게트와 함께 먹는다. 샹그리아가 잘 어울리지만 비싸지 않은 스페인산 템프라뇨 품종의 와인과도 빼어난 궁합을 보인다. 가격도 저렴하고 골라 먹는 재미가 오지다.

보데가수와썽캬트르
🏠 64 Rue Francois Miron, 75004 Paris
📞 +33 1 48 04 59 11

쿠스쿠스가 프랑스 가정식을 만났을 때, 라플레르데릴라

쿠스쿠스는 본래 모로코, 튀니지, 알제리 등 과거 프랑스령 식민지 국가의 전통 음식이었다. 밀가루를 손으로 비벼서 만든 좁쌀 모양의 알갱이를 뜻하는 것이나. 지역에 따라 옥수수나 보릿가루로 만들기도 한다. 여기에 고기, 채소 스튜를 곁들인다. 우리의 밥처럼 먹는 북아프리카 전통 요리라 하겠다. 쿠스쿠스는 요즘 프랑스 가정에서도 즐겨 먹는 별미다.

라플레르데릴라 La Fleur des Lilas에서는 쿠스쿠스와 함께 프랑스 전통 가정식을 즐길 수 있다. 기호에 따라 양고기, 소고기나 송아지 고기를 푹 삶아 곁들이고, 그 육수를 중간중간 쿠스쿠스 위로 부어 먹는다. 본래 전통 쿠스쿠스에는 양고기를 사용한다. 이 레스토랑에는 어린 양고기나 소고기, 메르게즈라고 부르는 아랍식 소시지로 만든 쿠스쿠스가 있다. 향신료 맛이 강하다. 가격도 8.50유로부터 18.50유로까지 다양하다. 샹제리제 등 유명 관광지의 쿠스쿠스 전문점보다 저렴하다. 11.50유로에 전식, 메인, 후식과 와인 한 잔이 포함된 점심 메뉴를 먹을 수 있으니까. 점심 메뉴 메인 디시에서 말고기 스테이크를 선택할 수 있다.

라플레르데릴라

🏠 65 Rue des Bruyeres, 93260 Les Lilas

📞 +33 1 48 97 19 86

🚇 마리데릴라역(메트로 11호선)

🕐 12시~15시, 19시~23시

독창적인 바스크 지방식을 맛본다
악쉬리아

바스크는 피레네산맥을 가운데 두고 스 페인과 프랑스 양쪽 지역을 가리킨다. 스 페인에 속해 있으나 이곳 사람들은 끊임없이 독립을 요구한다. 언어도 다를 뿐만 아니라 외모도 특이하다. 눈썹이 짙고 강한 턱을 가지고 있으며 용감하 고 모험을 좋아하는 것으로 알려져 있다. 그래서 바스크인들은 인종이나 문화 적 특성 면에서 스페인이나 프랑스 사람들과 많이 다르다.

바스크 지역은 식재료에서 축복받은 땅이다. 축산업이 발달해 있고 해산물 마저 풍부한 곳이다. 프랑스 음식을 이야기할 때 나오는 푸아그라와 테린 이 등장한 곳도 바로 이곳이다. 바스크 지방식을 고집하는 레스토랑 악쉬리 아Axuria의 셰프 역시 바스크 출신이다. 그래서 대부분의 식재료들을 원산지에 서 직접 공수해와서 고집스럽게 고향의 맛을 지켜가고 있다. 재료가 신선하니 향과 맛이 살아 있다는 평을 받는다. 요리 또한 독창적이다. 이 집은 양고기 구이가 일품인데, 피레네산맥에서 자란 어린 양을 쓴다고 한다. 백리향 잎과 마늘을 올려 누린내를 잡아냈다. 겨울철이나 이른 봄에는 전식으로 나오는 굴 요리가 입맛을 한껏 살려준다. 잘게 썬 연어와 함께 이 집만의 특제 소스로 생 굴을 버무려 내놓는다.

악쉬리아
🏠 54 Avenue Felix Faure, 75015 Paris
📞 +33 1 45 54 13 91
🕐 12시~14시 30분, 19시~23시

파리의 뒷골목에서 만난 작은 식당, 피르맹르바비에

와인 테이스팅을 할 때 향수를 뿌리고 가면 눈총 받는다. 아니 전문적 자질을 의심받는다. 그만큼 집중해야 하는 작업이기 때문이다. 향수를 뿌리지 않는 것은 물론 음식까지 강하지 않은 것을 먹으려고 애쓴다. 자신의 농도를 가장 적절한 수준으로 맞추어놓아야 최상의 컨디션이 유지된다. 그럼에도 향수를 좋아하는 나는 그것을 즐긴다. 물론 와인 테이스팅을 할 때만은 자제하지만 말이다. 파리에 있는 동안에도 집 근처에 있는 향수 가게를 서너 곳 알아두고는 들락거렸다. 향을 맡으면서 내 안에 축적되어 있을 원시적 향을 끄집어내고, 그것에 얽힌 기억을 들추는 쾌감은 상당했다.

그런데 어떤 인연으로 오랫동안 파리 주재원으로 있으면서 향수를 개발하는 그녀와 데이트를 즐기게 되었다. 조향의 비밀을 풀어내는 그녀의 향 이야기에 나는 시간 가는 줄 모르고 몰두했다. 그런 그녀와 종일 파리 시내를 돌다가 간 곳이 피르맹 씨가 운영하는 피르맹르바비에Firman le Barbier다.

"살고 있는 집이 이 식당 맞은편 건물이에요. 여기는 제 영혼의 밥집입니다. 파리 생활에 지칠 때 저는 이 자리에 앉아 저기 보이는 에펠 씨와 대화를 나누며 밥을 먹어요. 보세요. 불이 켜졌어요. 에펠이 반응해요."

저녁 7시. 그녀가 약간 쌀쌀한 날씨에도 왜 실내를 마다하고 테라스 테이블을 고집했는지 알 것 같았다. 내가 앉은 자리에서 열 시 방향 골목으로 에펠탑이 보였다. 그런데 그 순간 반짝반짝 불이 들어왔다. "파리에 와서 에펠 씨를 보며 근사한 밥 한 끼는 먹어야 할 말이 생기죠. 이 식당은 맛도 좋지만 그런 면에서 추억의 장소가 될 거예요."

머리를 질끈 묶은 쾌활한 웨이트리스가 그날의 메뉴가 적힌 칠판을 들고 와 주문을 받았다. 잠시 뒤 노익장을 보여주는 피르맹이 다가와 공손하게 인사를 건넸다. 지인과는 익숙한 인사를 주고받았다. 처음 온 동양 손님을 배려하여 영어를 써주는 그에게 호감이 갔다. 식당 주인 같지 않은 친절이 궁금했다. 알고보니 역시나 그는 독특한 이력의 소유자였다. 그는 본래 프랑스에서 유명한 산부인과 의사였다고 한다. 그의 꿈은 말년에 작은 식당을 여는 것이었다. 그리하여 일흔이 되었을 때, 과감히 의사 가운을 벗어던지고는 이 비스트로를 열었다.

손님은 동네 사람들이 많은 듯했다. 주인은 테이블마다 돌며 손님들과 오랫동안 이야기를 나누었다. 활기가 넘쳤다. 피르맹은 혼자 왔든 단체로 왔든 손님의 안부를 물었고, 손님들은 시시콜콜 자신의 대소사를 늘어놓는 눈치였다.

와인에 박식한 피르맹 덕분에 그 리스트가 훌륭했다. 남프랑스에 대한 나의 추억이 담긴 랑그도크 픽생루 와인Bergerie de l'Hortus, 2010 한 병이 25유로였다. 얼마나 훌륭한 선택이고 부담 없는 가격인가. 스타터로 나

온 채소 피클과 어우러진 푸아그라며 멀릿(붉은 숭어) 요리 등 현대적으로 슬쩍 우회한 프랑스 정통 요리가 접점을 잘 찾아낸 듯하다. 이방인의 낯설고 까다로운 입맛을 적절히 잡아내니 내 단골집인 양 기쁘다. 아마 파리에 산다면 현지인처럼 들락거려 피르맹과 친구가 되었으리라. 한편 프랑스적인 메뉴인 달팽이며 가금류도 눈에 띈다.

에펠탑이 보이는 뒷골목의 작은 식당에서 반짝반짝 쏟아지는 신호를 바라보며 즐기는 만찬. 직원이라고는 고작 두어 명의 주방 인력과 주인과 서빙이 전부일 듯하지만, 큰 레스토랑에서는 느낄 수 없는 친절과 섬세함이 마음에 쏙 들었다. 물론 둘이서 두어 접시 지정하고 와인을 한 병 시키면 100유로는 나오겠지만 그만한 가치가 있다. 다시 가고 싶은 곳이다. 생미셸광장 근처에 있는데, 미리 예약을 하는 것이 좋다.

피르맹르바비에

🏠 20 Rue de Monttessuy, 75007 Paris
📞 +33 1 45 51 21 55
🔗 http://www.firminlebarbier.fr

명장의 모던 프렌치, 세밀라

여행자들이 제대로 된 프렌치 코스 요리를 즐기려
면 큰마음 먹지 않고는 힘들다. 인터넷으로 미리 예
약도 해야 하고, 비용 또한 만만치 않기 때문이다.
'무작정 파리'라고 했는가. 학생 때 적은 비용으로 바
게트만 먹으며 파리 여행을 한 젊은이들이 훗날 하는
말이 있다.

"좀 더 준비되었을 때 가면 좋았을 텐데."

꼭 맛보아야 할 미식이며 갤러리를 주머니 사정 때
문에 포기하니 말이다. 그러나 어찌 된 일인지 나이
들어도 삶은 궁색하다. 게다가 여행지에서는 묘하게
구두쇠처럼 변해 만 원짜리 한 장 쓰는 것도 힘들다.
그런데 가끔은 눈을 질끈 감고 써야 할 때가 있다. 그
것이 여행을 가치 있게 한다면, 그리고 흔하지 않은
기회라면 말이다.

오데옹 쪽에 가격 좋고 괜찮은 식당이 있다고 들었
다. 근처 서점에도 들를 겸 찾아갔다. 한국의 대형 빨
간 간판에 익숙하기 때문일까? 바로 옆에 있었는데
도 입구를 못 찾아 한참을 헤맸다. 정원이 보여 들어
가면 다른 집이고 기웃거려도 간판을 찾을 수가 없었
다. 전화를 걸었다. 나는 바로 그 건물 앞에서 헤매고
있었던 것이다. 벽에 못만 한 쇠로 새겨놓은 글씨가

있었는데, 그것이 이 집 간판의 전부였다. 출입문은 외소하게 한 짝이
다. 처음 찾아오는 사람이 못 보는 것은 당연하다. 피식 실소가 터졌다.
동네 사람만 찾아오라는 말인가. 그날 점심 메뉴가 벽에 촘촘한 글씨로
붙어 있었다. 값은 24유로.

이곳은 프랑스 요리 명장인 에릭 트로숑 Eric Trochon 이 운영하는 레스토
랑으로, 현지에서도 굉장히 주목받고 있다. 현대적으로 해석한 이곳의 모
던 프렌치 요리는 친근하게 다가온다. 점심은 선택의 여지가 별로 없다.
메뉴가 바뀌니 그것에 맞춘다고 생각하면 된다. 호불호가 있기는 하지
만 대체로 기대치 이상을 보여준다. 조금만 늦으면 좌석이 없다. 명함을
들고 되돌아가는 사람이 보인다.

식당에 들어서니 트렌디한 곳인 만큼 주방은 오픈되어 있었다. 파인 다이닝이 그렇듯이 주방의 스태프 수는 조금 과장하자면 손님 수만큼 되었다. 각자의 파트에서 순서대로 움직이는 젊은 요리사들 모습이 식사에 대한 기대감을 더 품게 했다. 차가운 대리석 테이블이 이채로웠다. 브로콜리 등을 넣은 샐러드와 붉은 채소 주스, 머핀을 담은 앙트레가 나왔다. 이날 고를 수 있는 메인 메뉴는 돼지고기 삼겹살 부위 찜 요리와, 채소를 곁들인 가오리 요리였다. 식재료가 익숙한 것이어서 부담 없이 즐기기 좋았다. 단일 접시 하나에 10유로가 넘는 파리 식사를 생각하면 이 집의 점심 코스는 맛도 가격도 만족스러웠다.

세밀라

🏠 54 Rue de Seine, 75006 Paris

📞 +33 1 43 54 34 50

🔖 https://www.facebook.com/semillaParis

100년을 지켜온 파란 열차집, 르트항블뢰

베르사유궁전을 다녀온 날 저녁, 왕실의 기운을 이어받아 기착지인 갸르드리옹 역사驛舍에서 프랑스의 역사歷史를 맛보자고 했다. 그것은 그날 일정의 마지막 코스였다. 우리는 이미 베르사유궁전에 입장하기 위해 두 시간 이상이나 줄을 서야 했고, 군중에 휩쓸려 궁전의 찬란함을 구경했으며, 정원까지 걷고 또 걸으며 정신없이 몰려다닌 터였다. 맥도날드에서까지 마카롱을 파는 나라이지만, 미식의 연장선상에서 가벼움보다는 중후함으로 파리의 격조를 맛보고 싶었다.

리옹역은 북역과 함께 파리의 주요 철도 교통수단의 집합점이다. 르 트항블뢰Le Train Bleu는 역사 2층에 있다. 달팽이 계단을 돌아 입구에 들어서면 '와' 하는 소리가 터져 나온다. 휘황찬란한 금색 장식, 아름다운 샹들리에, 정복을 갖추어 입은 가르송들의 깍듯한 서비스……. 마치 19세기 귀족의 저택으로 초대받은 느낌이 든다. 정통 프렌치 레스토랑인 그곳은 손님을 오래된 영화의 주인공처럼 근사하고 우쭐하게 만든다. 마치 미술관에 온 듯 묵직하고 고풍스럽다. 벽화와 금장만으로도 넋이 나갔는데, 화장실에 들어가니 수도꼭지 하나에까지 시간이 배어 있다. 벽화는 철도 노선이 경유하는 지역의 풍경을 담은 것이라고 하니 더욱 유심히 보게 된다. 복잡한 역사 내에 이런 레스토랑이 있다니 참으로 믿기지가 않는다. 창문을 통해 아래쪽을 내려다보았다. 웅장한 철로가 직선으로 시야에 들어왔다. '열차집'이 맞다.

살바도르 달리, 코코 샤넬, 브리지트 바르도, 프랑수아 미테랑 등 이름만 들어도 저릿한 저명인사들이 이곳의 단골손님이었다고 한다. 그러니 이곳에 있으면 그 명사들 틈에 끼어 있는 것 같은 기분이 든다. 게다가 이 집은 뤽 베송 감독의 영화 「니키타」에도 나왔다. 1900년 파리만국 박람회 때부터 영업을 시작했으니 100년을 거뜬히 넘겼다. 본래는 뷔페 드라가르드리옹-Buffet de la Gare de Lyon이었는데, 1963년 지금의 르트항블뢰로 바뀌었다. 막 문을 열었을 때 당시 대통령인 에밀 루베가 참석하면서 일찌감치 명소로 자리 잡았다.

중후한 분위기에 비해 음식 가격은 미슐랭 스타 레스토랑처럼 센 편은 아니다. 1인당 60유로를 내면 앙트레부터 세 가지 코스를 골라서 맛볼 수 있고, 와인 한 병을 서비스로 제공받는다. 정통 프렌치 음식은 전반적으로 기대 이상이다. 1970년대 누벨퀴진의 영향 때문인지 근래의 프랑스 음식은 좀 더 가볍고 새로운 모양 위주로 경쟁한다. 그러다보니 음식에서 라타투이 같은 어머니의 푸근함이 사라졌다. 누구 말대로 너무 예뻐서 징글징글하다. 이렇게 과거의 풍모를 지켜주고 있는 전통적인 레스토랑은 음식에 대한 그런 염증을 달래준다.

이날 더욱 감동한 것은 무료로 서비스받은 레드 와인 Chateau Laroche Joubert, 2010이다. 그것은 테이블 와인을 기막히게 골라내는 명가의 저력을 그대로 보여주었다. 와인의 AOC(프랑스의 농산품과 식료품 분야에서 법규로 통제하는 원산지 명칭)는 보르도의 포이약과 생쥘리앵 인근의 코트드 부르였다. 메를로 품종을 기조로 한 잘 익은 체리와 자두 향이 물씬 올라왔다. 그것은 그날 메인 스테이크와 기막힌 궁합을 보여주었다. 잘 알려지지 않은 지역에서 생산되었지만 저렴하면서도 질 좋은 와인을 짚어

내는 것이야말로 고급 레스토랑이 가진 힘이기도 하다. 하우스 와인을 맛보면 그 식당을 알 수 있다고 하지 않는가.

음식은 지금의 파리 코드를 세련되게 짚어낸, 또는 날렵한 감성을 지닌 맛은 아니지만, 프랑스의 오랜 전통을 묵지근하게 느낄 수 있는 '시간의 퍼포먼스'였다. 촉촉하고 씹기가 좋았던 소고기와, 노란 샤프란 소스를 곁들인 바삭하고 고소한 연어구이, 부드러운 크림 속에 박혀 있던 신선한 라즈베리의 촉감이 아직도 선연하다.

르트항블뢰

🚇 리옹역(메트로 1호선, 14호선 또는 RER A호선, D호선)

📞 +33 1 43 43 09 06

🖋 http://www.le-train-bleu.com

예술과 실험이 교차하는 즈키친갤러리

파리 6구 생미셸 골목은 많은 아티스트들을 키워낸 예술의 허브다. 지금도 순수미술이며 사진 등 다양한 장르의 갤러리가 발길을 잡는다. 또한 카페도 많고 골동품상도 몰려 있어 이 거리를 속속들이 들여다보는 것만으로도 파리의 한나절은 행복하다.

한 블록 지나 호젓한 골목 안쪽으로 들어가면 즈키친갤러리Ze Kitchen Galerie를 만날 수 있다. 고동색 대문이 달려 있는 이곳은 자칫 지나치기가 쉽다. 이 레스토랑은 정통 프렌치를 동양적 감각으로 잘 해석해내어 미슐랭 가이드 별점을 한 개 받았다. 거리의 특성을 살려 레스토랑 내부에는 강렬한 색상의 현대 미술 작품이 전시되어 있다. 레스토랑 홈페이지에도 전시 중인 작가와 작품을 자세하게 소개해놓았을 정도인데, 이곳의 음식을 먹다보면 식재료에서 강조되는 색과 맛의 흐름이 예술 작품을 같이 이끌어간다는 생각이 든다. 지역을 예술구로 만들고 싶어 하는 윌리엄 르되유William Ledeuil 셰프의 의지가 엿보인다. 2001년에 오픈한 이 레스토랑에서는 해마다 기획 전시도 열린다. 그리하여 이제는 미술 작품을 보면서 미식을 즐기는 예술 레스토랑으로 자리매김했다.

오너인 윌리엄 셰프는 젊을 때부터 레스토랑과 비

스트로에서 다채로운 요리를 접하면서 실력을 쌓았다. 그는 여행을 통해 많은 영감을 얻는다. 베트남을 여행하면서 아시아의 독특한 향신료에 반하여 요리의 전환점을 맞이했다고 한다. 그래서 그의 요리에는 아시아 허브가 많이 쓰인다. 또한 한국의 김치를 활용하거나 디저트로 고추냉이 아이스크림을 내놓는 등 그의 퓨전 요리는 자칫 지루하기 쉬운 파리의 정통 요리를 흔들며 미식가들의 마음을 휘어잡았다.

나는 이 레스토랑을 두 번 찾아가 식사를 즐겼다. 날카롭고 기품 있는 셰프인 윌리엄이 앙트레가 끝나갈 무렵 내 자리로 와서 음식이 어떤지 물었다. 별다른 정보 없이 갔지만 몇 가지 요리에서 이미 윌리엄의 지향을 읽었다. 메인 요리 전까지 끊임없이 따라붙는 아시아의 향신료로 인해 내가 과연 프랑스 레스토랑에 온 것인지 의문이 들 정도였다.

"윌리엄, 당신의 음식은 프랑스에서 굉장히 독특하게 해석될 것 같군요. 동양 음식에 대한 관심이 많은가 봅니다."

그러자 윌리엄은 짐짓 정색을 하며 이렇게 말했다.

"제 음식은 정통 프렌치에 근간을 두고 있습니다."

정체성을 확고히 짚어주고 싶어 하는 것으로 이해되었다. 호박꽃 속에 생선, 채소 등을 다져 넣어 꽃의 이미지와 맛을 함께 잡은 앙트레와, 디저트로 나온 고추냉이 아이스크림은 파리가 무겁게 느껴질 무렵의 이방인에게 향수를 심어주었다. 어떻게 보면 이탈리아 음식에서 일본 음식까지 혼재된 모던 프렌치의 면모가 엿보인다. 오징어와 게, 갑각류, 태국 쌀 등 동서양을 넘나드는 이국적 식재료가 새콤하거나 바삭거리거

나 달콤하거나 날카롭게 하나의 점묘화처럼 어우러진다.

그날의 음식과 어울릴 만한 남프랑스 와인을 추천해달라고 했더니 소믈리에는 루시옹에서 생산된 와인 한 병을 내왔다. 허브 향이 매혹적인 윌리엄의 음식과, 론을 비롯한 남쪽 지역의 와인이 잘 맞을 것 같았기 때문이다. 향신료와 과일향이 강한 토착 품종의 와인은 전채와 메인을 넘나들며 그윽한 풍미를 안겨주었다. 현지에서 마시는 그르나슈는 늘 매력적이다.

즈키친갤러리

🏠 R4 Rue des Grands-Augustins, 75006 Paris

📞 +33 1 44 32 00 32

🔗 www.zekitchengalerie.fr

짜장면에서 감자탕까지
향수를 깨우는 송산

파리에 있는 동안 한복을 곱게 차려입은 칠순의 한국 지인이 여행을 왔다. 우리는 같이 공원 산책을 하면서 좋은 시간을 보냈다. 그런데 그분은 음식 때문에 고생을 많이 하시는 것 같았다. 마침 딸아이를 위해 담가놓은 김치가 있었다. 중국 마트에 가면 어른 팔뚝 길이만 한 무와 채소를 살 수 있다. 여기에 마늘과 고춧가루, 피시소스를 넣으니 맛이 얼추 맞았다. 다음 날 공원에서 소풍 삼아 한국 음식을 나누어 먹으려 했다. 그런데 종일 비가 내렸다. 한국 음식이 냄새 때문에 어디 카페로 들고 가서 먹기도 그렇다. 그래서 포기했는데 계속 마음에 걸렸다. 지금도 그때 따끈한 밥과 김치를 전해주지 못한 것이 못내 후회스럽다.

여행하면서 좋은 음식을 먹고 다녀도 한국 음식이 병나도록 그리울 때가 있다. 날이라도 구질구질하고 몸마저 아프면 매운 국물을 마셔주어야 기운을 차리는 것이 한국 사람이다. 그런 의미에서 파리에서도 한국 음식점 몇 곳은 알아두는 것이 좋겠다. 15구에 위치한 송산은 근처 요리 학교 셰프들도 단골로 드나들 정도로 파리 사람들이 아끼는 밥집이다. 파리식이라면 단품 접시당 가격을 계산하지만, 한국 식당에서

는 일단 밑반찬이 좍 펼쳐지고 그에 비해 가격이 좋으니 외국인들이 보면 놀라운 곳이다. 메뉴판을 보면 입이 쩍 벌어진다. 김치찌개, 된장찌개, 오이를 송송 채 쳐서 올린 짜장면, 탕수육, 불고기, 삼겹살, 갈비탕, 대구탕, 아카아카감자탕까지 부르면 다 나온다. 대체 이 식재료를 어떻게 공수해서 만드는지 의문이 들 정도다.

한국에서 공부하러 온 요리사 몇 명이 송산에서 모이기로 했다. 저녁나절, 날이 서늘했다. 늘 그렇듯이 야외로 자리를 잡았다. 여럿이 모이니 그간 서로 먹고 싶었던 음식이 술술 나온다. 두루 주문했다. 보쌈, 해물파전, 감자탕 등이 한 상 펼쳐졌다. 이곳은 조선족을 기용해 흉내만내는 한식집이 아니다. 어쩌면 깍두기 하나까지 한국 맛을 그대로 내는

지 놀라웠다. 오페라 근처의 한식집들이 조미료 범벅의 느낌이었다면 이곳은 엄마가 막 내준 밥처럼 간이 딱 맞았다. 멸치볶음, 시금치무침, 어묵볶음, 콩나물무침까지 나오는 것을 보면 내가 파리에 와 있는지 신촌의 어느 골목에 앉아 있는지 웃음이 나온다. 런던과 파리를 오가며 피로를 못 풀어 퉁퉁 부어 있던 내 얼굴에 화색이 돌았음은 물론이다. 여기에 두루 스펙트럼이 넓은 프로방스 로제 와인과, 우리 매운 음식을 아우르는 론 쪽의 레드 와인을 시켰다. 역시 탁월한 선택이었다.

그 밖에도 알려진 한식당으로는 봉식당과 삼부자식당 등이 있다. 고깃집인 봉식당은 예약하지 않으면 가기가 힘들고, 삼부자식당은 곱창볶음과 꼬리곰탕으로 유명하다. 하지만 이렇게 한식을 소개해도 일주일 정도의 짧은 여행이라면 프랑스 음식을 추천한다. 한국에 돌아가면 아쉬울 만큼 구석구석 맛보아야 할 파리 음식은 무궁무진하니까.

송산
🏠 20 Rue Marmontel, 75015 Paris
📞 +33 1 45 32 40 70

동유럽 풍미 가득한 빵집
파티스리비엔누아즈

어디든 대학 후문 주변에는 학생들이 책 싸 들고 가서 끼니를 때우거나 커피를 마시는 아지트 같은 공간이 있기 마련이다. 소르본느대학 인근 골목길. 근 100년 가까이 이 대학 학생들의 밥집 역할을 한 곳이 있다. 작고 누추한 곳, 그러나 테이블마다 묵은 정이 가득 배어 있는 파티스리비엔누아즈Patisserie Viennoise가 그곳이다. 입구에 들어서면 좁고 쿰쿰하다. 할머니 냄새까지 난다. 카운터에 있는 푸근한 파리 아주머니가 "아침밥은 먹었냐"라고 물어볼 것만 같다. 실제로 손님들과 나누는 대화를 들어보면 오랜 관계에서 비롯된 일상적 인사가 많다. 빵들은 그 모양이 세련되거나 이렇다 할 특징이 있어 보이지는 않는다. 그냥 오래전부터 그래온 것처럼 그것들은 창 쪽으로 투박하게 진열되어 있을 뿐이다. 쇼케이스와 선반에 무작위로 쌓아놓은 빵과 음료수가 마치 시위대 같다.

안쪽으로는 조명이 어두운 방이 있다. 입구는 좁으나 들어갈수록 깊은 집이다. 이 제과점은 요즘으로 치면 불편한 것 투성이다. 그래도 화장실은 돈을 안 내고도 쓸 수 있다. 한국 정서에는 안 맞을지 모르지만 화장실 인심이 박한 곳이 유럽이다보니 이런 것도 이야깃거리가 된다. 안쪽으로 들어가 몹시 좁은 계단을 내려가면 화장실이 있다. 이 집답게 낡았다. 방은 일어서고 앉을 때 상대방 몸이 닿을 정도로 불편하다. 심지어 끈적거리기까지 하다. 그런데 카페에 들어온 사람들은 일어설 줄 모른다. 책을 읽거나 망중한을 즐기고 있다. 그들은 에스프레소와 케이크 한 조각을 앞에 두고 오후를 죽이고 있다. 내가 본 비엔누아즈 손님의 다수는 혼자였다. 중년 문턱을 넘은 다소 고독해 보이는 남자 혹은 여자 들이다. 멋쟁이라기보다 지적인 풍모다. 그래서 혼자 짚어본다. 아마 저들은 소르본느대학을 나왔거나, 그즈음 이 카페와 얽힌 추억이 있는 중년들일 것이라고. 저들은 지금 그 추억을 잊지 못해 찾아와 달콤한 과거를 회상하는 중일 것이라고.

이 빵집의 사연은 이러하다. 1928년으로 거슬러 올라간다. 이곳은 헝가리 이민자 커플이 어찌어찌하여 흘러들어와 그야말로 자신들이 먹던 식사대로 내놓던 동유럽식 빵집이었다. 그런데 맛이 좋았다. 입소문을 타고 학생들을 비롯하여 손님들이 꾸역꾸역 모여들었다. 파티시에 장뤽 기요 또한 소문을 듣고 이 집을 찾아왔는데, 그가 무릎을 친 것은 사람들이 이 집 빵을 먹고 행복해하더라는 것이었다. 그러다가 이 빵집을 내놓는다는 말을 들었다. 그는 아내를 설득하여 마침내 인수했다. 그때가 1964년이다. 부부는 맛과 분위기 등 동시대 흐름을 그대로 지켜냈다. 이로써 이 빵집은 파리의 명소로 거듭났다.

이 집에서 꼭 먹어보아야 하는 것은 비엔나커피와 타르트다. 슈트루델이나 린처토르테를 시키고 비엔나커피 한 잔을 곁들여보자. 휘핑크림을 산처럼 얹어주는 비엔나커피를 젓지 말고 코끝에 크림을 묻혀가며

먹다보면 얼어붙었던 심장이 나긋나긋 녹아내릴 것이다. 나는 이 집 빵과 비엔나커피를 먹으며 2000년 겨울을 회상했다. 당시 나는 오스트리아 잘츠부르크광장에 있는, 200년 넘은 빵집에 앉아 있었다. 진눈깨비가 추적추적 내리던 날이었다. 이름을 기억하지 못하는 단 케이크와 스카라고멜을 얹은 아인슈패너를 홀짝거렸다. 꽁꽁 언 몸을 커피로 녹여내던 그때의 감동의 한꺼번에 몰려왔다. 그러면서 영화 「사운드 오브 뮤직」의 주인공들이 결혼식을 올린 몬제성당 맞은편 가게에서 먹은 사과 파이 아펠 슈트루델apple strudel까지 떠올랐으니, 그 맛을 기억하기에 이집 케이크가 익숙했던 것이다. 파리의 날렵한 맛은 아니지만 뭉툭하고

두터우며 풍만하다. 인근 동유럽 빵의 풍미를 장 뢱 기요 또한 느꼈을 것이다. 커피와 빵 값은 2~3유로 정도로 시중보다 저렴하다.

소르본느 사람들의 살과 정신이 되어준 따뜻한 빵집. 사람들은 그 기억을 살리며 여전히 이곳을 방문하고 20대 기분으로 커피와 빵을 먹고는 내일을 기약하면서 툭툭 일어선다. 생미셸에서 룩상부르공원으로 가는 산책길. 파리의 눅진하고 우울한 날씨를 이 집 달콤한 디저트가 달래주는 듯했다. 그런 말이 있지 않은가. "빵만 있으면 어줍지 않은 슬픔은 견딜 수 있다"라고.

파티스리비엔누아즈
🏠 8 Rue de l'Ecole de Medecine, 75006 Paris
📞 +33 1 43 26 60 48

파리지엔의
단골집

"와인이 없는 파리는 생각할 수 없다." 파리에서 오랫동안 산 와인 전문가 김
성중은 이렇게 말한다. 같은 와인 전문가로서 그가 꼽는 단골집이 기대된다.

와인에 요리를 맞춘다,
르베르볼레

샤를 드 골 대통령의 말처럼 프랑스에서는
치즈 종류만 해도 1천 가지가 있다. 게다가
미슐랭 가이드를 통해 빼어난 레스토랑을 손쉽게 접근할 수 있다. 미식가들이
몰려오는 이 도시는 맛있는 담화로 술렁거린다. 그래서일까? 맛있는 음식과
분위기에 매력적인 와인까지 더해져 초대받는 사람도 초대하는 사람도 모두
만족할 수 있는 레스토랑들이 파리에는 보석처럼 박혀 있다. 이들 레스토랑은
몇 주 전부터, 길게는 2년 전부터 예약해야 하는데, 그 기다림으로 맛을 탐미
하는 가슴은 얼마나 설레겠는가.

음식에 와인을 맞추어 미식가들을 만족시키려면 요리 수준이 절대적으로 높
아야 하며, 이는 요리사들을 끊임없이 단련하게 하는 아름다운 채찍이다. 그
런데 파리 10구의 작은 운하 근처에 있는 르베르볼레 Le Verre Volé는 음식에 와

인을 매칭시키는 것이 아니라 와인에 음식을 매칭시키는 독특한 식당이다. 식당 이름을 해석하면 웃음이 씩 나오는 '도둑맞은 잔'이다.

이 식당의 주인인 시릴 보르다이에Cyril Bordarier는 "파리에서 와인은 음식의 조미료가 된다. 와인에 따라 음식 맛을 다르게 느낄 수 있는 공간을 만들고 싶었다"라고 말한다. 식당 입구에는 "이곳은 카비스트(와인 숍)입니다"라고 쓰여 있는데, 작은 숍에서 식사를 하고 맛있는 와인을 곁들이며 구매도 할 수 있도록 구상한 것이다. 그 예상은 적중했다. 저녁 시간, 자리를 얻으려면 반드시 예약을 해야 한다. 7시 30분에 식사를 시작하면 10시 전에 마쳐야 한다. 10시부터 재정비를 함으로써 식당을 두 번 돌리기 때문이다. 하루 종일 오픈하므로 오후 늦은 시간에 잠시 들러 와인 한 잔 하기 좋은 곳이다.

르베르볼레
🏠 67 Rue de Lancry, 75010 Paris
📞 +33 1 48 03 17 34
🕐 일주일 내내 오픈

지루하지 않다, 샤토브리앙

브르타뉴의 바닷가 생말로에서 태어난 낭만파 작가 샤토브리앙의 이름에서 따온 것일까? 아니면 소에서 2~4센티미터 두께의 양만 나온다는 중요 부위를 나타내는 것일까? 이름부터 심상치 않은 이곳이 세계 최고 레스토랑을 선정하는 월드 베스트 레스토랑 50 (theworlds50best.com) 중 27위에 오른 이유는 분명히 있을 것이다. 프랑스에 여행 오는 미식가라면 방문 리스트에 꼭 적어 오는 곳이다. 무엇이 그들을 파리의 이 화려하지 않은 작은 식당으로 불러들이는 것인지 궁금해진다.

'음식은 즐거움이다.' 샤토브리앙Le Cave Chateaubriand의 셰프인 이나키Inaki를 비롯하여 그의 연인과 주방 식구들이 펼쳐내는 음식은 좋은 에너지에서 출발한다. 그들은 보편적으로 시도하지 않는 음식과 독특한 와인을 곁들여 손님들에게 늘 새로운 감동을 선사한다. 한 번은 저녁 전식으로 멸치볶음이 나왔다. 정말 한국에서 먹던 그 맛 그대로였다. 그때 나는 아마도 주방에 한국인이 있을 것이라고 확신했는데, 그 셰프는 지금 서울의 한 레스토랑에서 근무한다. 샤토브리앙의 또 다른 특징은 파리에서는 좀처럼 찾기 힘든 전 세계 와인을 취급하는 숍을 운영한다는 것이다. 이곳에서는 그리스, 스페인, 헝가리, 심지어는 동유럽의 모든 와인을 좋은 가격에 만날 수 있다.

이 카브에서는 매달 두세 번 와인 메이커들과 함께하는 시음회가 열리는데, 나도 여기에 즐겨 참석한다. 무료로 진행되는 이 시음회에서는 샤토브리앙의 음식을 포장해 갈 수 있도록 판매도 한다. 와인과 어울리는 음식을 준비하고, 어떻게 조리하는지 세세히 설명도 한다. 음식은 정성스럽게 포장해서 준다. 가격은 단돈 12유로다. 와인 한 병 사 들고 와 포장해온 음식과 함께 맛보는 즐거움을 어찌 놓칠까.

샤토브리앙
🏠 129 Avenue Parmentier, 75011 Paris
📞 +33 1 43 57 45 95

⊙ 화요일~토요일 14시~22시, 일요일과 월요일은 휴무
🚊 공쿠르역(메트로 9호선)
🏷 www.lechateaubriand.net

파리에서 전 세계 와인을 만난다, 라비니아

파리에는 다른 도시와는 다르게 어딘지 설레고 비밀스러운 장소가 있을 것 같다.

그런 낭만적인 기대가 우리를 파리라는 도시로 향하게 하는지도 모른다. 20개 구역으로 나누어져 있는 이 도시에서 우리는 와인 잔이 부딪히는 소리를 일상적으로 듣고 살아간다. 하지만 그 향기로운 와인들이 어디서 왔는지, 어디에서 구입하는지는 모르고 살아간다. 그런데 정말 괜찮은 와인 숍을 하나 알고 지낸다면 파리의 낭만을 반쯤은 만끽하는 셈이 된다.

1999년에 문을 연 라비니아Lavinia는 파리 1구를 대표하는 와인 숍이자 와인 레스토랑이다. 이곳에 가면 만날 수 있는 티에리 세르방Therry Servant과 파스칼 셰브로Pascal Chevrot 두 사람은 프랑스의 대표적인 와인 명가와 친환경 와인의 가치를 알고 소개하는 혁명가다. 그들은 와인에 인문학과 문화를 섞어 조금은 고급스럽게 변주한다. 그런 까닭에 이곳은 단기간에 유명 숍으로 우뚝 섰다. 전 세계 사람들이 자리 잡고 있는 파리이지만, 정작 파리의 와인 숍들은 대부분 프랑스 와인 외에는 다루지 않는다. 라비니아는 바로 이 틈새를 파악하고 지구촌 와인을 소개하며 빠르게 대중을 파고든 것이다. 이곳에는 30개국 6,500종류의 와인이 있으며, 여기에서 와인을 구매한다면 당신은 파리를 조금 더 안다고 할 수 있다.

이곳에서는 끊임없이 와인 시음회와 강연이 열린다. 특히 숍 와인 가격으로 멋지게 준비된 바나 테이블에 앉아 무료로 제공되는 와인 잔으로 와인을 마실 수 있으니 반응이 뜨거울 수밖에 없다. 와인 한 병을 들고 1층 레스토랑으로 올라가 서비스하는 각종 와인을 간단히 마시고 간다고 생각해보자. 그들은 와인 잔과 올리브나 치즈 조각을 준비해서 줄 것이다. 혹시 오페라를 보러 나왔다면 관람 전에 이곳에 들러 와인과 음식을 적절하게 즐긴다면 더욱 즐거울 것이다.

라비니아

🏠 3 Boulevard de la Madeleine, 75001 paris

📞 +33 1 42 97 20 20

🕐 월요일~토요일: 10시~20시 30분(카브)
　월요일~토요일: 12시~21시(레스토랑), 일요일 휴무

🚇 콩코드역(메트로 1호선), 아브르코마르탱역(메트로 3호선), 마들렌역(메트로 8, 12, 14호선)

🔖 www.lavinia.fr

두 총각과 나누는 대화가 즐겁다, 보틀즈

2014년, 리옹에서 올라온 두 젊은이가 파리의 중심인 1구에 야심차게 짐을 풀었다. 오페라에 와인 숍인 카브아망제cave a manger를 연 것이었다. 예상대로 이곳은 짧은 시간에 파리에서 뜨거운 와인 바로 부상했다. 아마도 그들의 와인 선별이

남달랐기 때문일 것이다. 미혼인 두 젊은이는 사람들이 쉴 새 없이 와인에 대해 질문하면 거침없이 답해준다. 그들에게서는 실력과 열정이 묻어 나온다. 리옹은 미슐랭 가이드 별점 세 개를 놓치지 않는 폴보퀴즈Paul Bocuse가 있는 도시다. 맛의 고장인 그곳은 프랑스인들의 자존심이기도 하다. 그곳의 젊은 금융업가인 브누아Benoit와, 2010년과 2013년 최고의 카비스트로 선정된, 리옹의 와인 숍 앤틱와인Antic Wine의 세바스티앙Sebastien이 손을 잡았으니 잘못될 일이 없다. 두 사람은 10여 년의 우정을 바탕으로 1년 동안 준비하여 2014년 7월에 보틀즈Bottles를 오픈했고, 이 숍은 바로 파리의 핫플레이스가 되었다. 서로 거리낌 없이 와인에 대해 대화하고 즐기며 일상으로 끌고 가는 곳. 두 젊은이는 와인이 브랜드를 마시는 것이 아님을 말해준다. 이곳에서는 숍에서 와인을 마실 때 지불하는 드와드부숑Droir de Bouchon이 와인 가격에 따라 매겨진다. 바나 테이블에 앉으면 주인은 C&S chef et sommelier라는 와인 잔을 제공하는 가운데 최적의 조건에서 와인을 즐길 수 있도록 준비한다. 한국인 식료품 가게가 오페라 근처에 있는지라 장을 보러 나오는 경우가 많은데, 장을 보고 열 발자국 정도 떨어진 이곳에서 와인과 음식을 간단히 즐겨보는 것은 어떨까? 장보기가 마실 나온 것처럼 즐거워질 것이다.

보틀즈
🏠 57 Rue saitn anne, 75002 paris
📞 +33 1 42 61 93 90
🕐 월요일~금요일 11시~24시, 토요일 17시~24시, 일요일 휴무
🚇 피라미드역(메트로 14호선)
🔗 http://bóttles-paris.com

자연주의 음식과 와인을 맛본다, 셉팀라카브

'레스토랑에 들어오기 전 한 잔 하고 들어 오라'는 의미로 오픈했다는 셉팀라카브

septime la cave 는 예약하지 않아도 가서 한 잔 할 수 있는 곳이다. 그래서 레스토 랑에 가지 않고 이곳에서 와인만 즐기는 경우가 더 많다. 가격이 합리적이다. 이곳은 '월드 베스트 레스토랑 50' 중 57위에 올라 있다. 북유럽 스타일의 인 테리어도 눈길을 끈다.

사실 파리에서 전통 프랑스 음식과 자연 와인을 즐길 수 있는 곳은 흔하지 않 다. 아마 셰프 베르트랑 그레보 Bertrand Grebaut 씨는 그 두 가지를 연결하는 꿈을 꾸었던 것 같다. 그는 바하탕 Baratin 에서 프랑스 전통 음식을 맛보았을 것이다. 그리고 레스토랑 아르페주 Arpage 에서 프랑스국립고등조리학교 ESCF 를 졸업하 고 자신의 스승 알랭 파사 Alain Passard 에게 받은 영향을 지금 고스란히 풀어놓는 것은 아닐까?

자연주의 채소를 중심으로 전통에서 벗어나지 않으려는 그의 노력은 음식에 고스란히 배어 있다. 와인 또한 자연주의 와인을 찾기 위해 시음회를 부지런 히 찾아다니던 그의 모습이 잊히지 않는다. 그런 의미에서 그가 두 번째로 문 을 연 레스토랑은 해산물 중심이다. 이후 작은 카브를 낸 것이었다.

이곳에서는 늦은 시간까지 작은 공간 어디에나 앉아 와인을 즐길 수 있다. 가 까운 곳에는 프랑스 최고의 베트남 음식점인 파리하노이 Paris Hanoi 가 있다. 거 기에서 식사를 한 뒤 와인 한 잔 하는 것도 좋은 선택이다. 샴페인 마니아라면 이곳에서 이름만 들어도 행복한 자크 셀로스, 다비드 레클라파, 자크 라센느

등을 찾아볼 수 있다. 가방 속에 와인 한 병 쿡 찔러 넣고 만나게 되는 수많은
행복 중 하나다. 11구에 있다.

셉팀라카브
🏠 3 Rue Basfroi, 75011 Paris
📞 +33 1 43 67 14 87
🕐 화요일~토요일 16시~23시, 일요일과 월요일은 휴무
🚇 샤론역(메트로 9호선)
🔖 www.septime-charonne.fr

지성의 산실, 레되마고

"인생은 B(Birth: 탄생)에서 D(Death: 죽음) 사이의 C(Choice: 선택)이다."

1964년 노벨상 수상자로 지목받고도 그것을 거부한 장 폴 사르트르의 말이다. 파리가 사랑한 문인인 그가 문턱이 닳도록 반세기를 드나든 카페가 있다. 생제르맹데프레 지역의 전설적인 카페 레되마고Les Deux Magots가 그곳이다. 이곳은 바로 옆에 있는 전통의 경쟁자 카페드플로르Cafe de Flore와 함께 철학자, 사상가, 문인들이 예술을 논하던 명소로, 19세기 말부터 지성과 문화의 산실 역할을 했다. 이 두 카페는 배고픈 지성들의 후원자였다. 레되마고는 멀리서도 보일 정도로 대로변 코너에 위치해 있다. 주변에는 대학과 유서 깊은 극장, 출판사 등이 모여 있다. 자연스럽게 지성들이 몰려들면서 이곳은 인문학 광장 역할을 했다.

평생의 동반자이자 부부였던 사르트르와 보부아르도 50년을 하루같이 이곳을 드나들었다. 그들은 여기에서 인생의 한 시기를 풍미한 셈인데, 둘의 사랑 방정식은 아직도 회자된다. '다른 사람과 사랑하는 것을 허용하는 대신 모두 털어놓아야 한다'고 서로 약속했다고 하는데, 그것이 가능한지는 모르겠다. 세기의 로맨스로 유명한 그들이 둘의 자유를 해석하는 독특한 방식이다. 프랑스 문화부에서는 길거리에 이들 부부의 이름을 건 표지판까지 세워주었다. 그들 외에도 레되마고의 단골 명단에는 생텍쥐페리, 오스카 와일드를 비롯하여 파리를 사랑한 헤밍웨이가 올라 있다. 저 쟁쟁한 인물들이 노천카페에 앉아 영감을 얻고 작품을 구상했을 생각을 하면 그 앞에 서 있는 것만으로도 오금이 저려온다. 그러니 살롱 문화의 발상지라고 할 만하다. 프랑스 현대 문학이 만들어진 곳이라고 해도 부족하지 않다.

레되마고는 단순히 커피를 파는 카페를 넘어 문인들과 같이 호흡했다. 1933년부터는 이 카페의 이름으로 젊고 패기 있는 작가들에게 문학상을 수여하고 있다. 주인이 바뀌어도 상은 계속 이어지고 있다. 실내에 들어서면 인테리어가 1915년 풍 그대로다. 피카소가 앉았고 마담 보부아르가 날마다 커피를 마시던 그 자리에는 지정석 표찰이 붙어 있다. 흑백 액자 속의 보부아르와 커피 한 잔 하는 기분, 괜찮지 않은가.

카페는 그냥 노닥거리는 공간으로 보이지만 따지고보면 생산적인 곳이다. 커피 한 잔 값을 지불하고 우리는 많은 일을 한다. 테이블 하나를 앞에 두고 나의 이야기를 절실하게 펼치지 않는가. 누군가 당신의 수백 수천 이야기를 들어주지 않는가. 테이블은 100년간 수많은 사람들의 인생 이야기를 엿들어왔다. 그러니 얼마나 저렴한 커피 값인가. 노천카페에 앉아 명상하듯 넋 놓고 지나가는 사람들만 쳐다보아도 좋다. 그러다 운 좋게 '키스와 포옹의 거리'라는 공식에 어울리는 커플을 만나면 이 도시는 더욱 달게 느껴진다. 그래서 파리는 카페를 빼놓고는 이야기할

수가 없다.

　이 집에서는 특히 쇼콜라가 맛있다. 커피를 시키면 달콤 쌉싸래한 사각 초콜릿을 준다. 오랜 전통이다. 하지만 지금의 레되마고는 관광 명소가 되어 혼잡스럽고 아무래도 상업적이다. 뜨내기손님에 대한 얄팍한 대우가 엿보인다. 불만 가득하던 후배의 말이 떠오른다.

"한 번은 가볼 만하지만 불친절해서 두 번은 가고 싶지 않아요. 내가 관광객이라는 것이 몹시 화가 나더군요."

같은 생제르맹데프레의 명소 중 가장 오래된 카페는 르프로코프 Le Procope다. 당시 상류층들만 즐길 수 있었던 커피를 처음 선보인 곳이며, 아이스크림을 처음으로 판매한 곳이기도 하다. 길 하나를 건너면 영화 「다빈치 코드」의 배경이 되었던 생쉴피스교회가 있다. 파리에서 둘째로 오래된 교회인 이곳에는 세계에서 가장 큰 파이프오르간이 있다. 소설 『레미제라블』을 쓴 빅토르 위고가 결혼식을 올린 곳이기도 하다.

레되마고

🏠 6 Place Saint-Germain des Pres, 75006 Paris

📞 +33 1 45 48 55 25

🕐 일주일 내내 오픈

5유로의 행복

"꼭 먹어야겠니? 비가 올 것 같아, 구름 좀 봐."

그녀는 반듯하게 서서 딴청을 피운다. 핫도그가 먹고 싶은 것이다.

"가자."

이 말은 결국 포기한 내 입에서 먼저 터져 나온다. 핫도그는 여전히 젊은이들 선호도가 높다. 그렇게 둘이 이 길모퉁이 가게를 찾아온 것이 벌써 세 번째다. 오텔드빌 쪽 마레 지구 모퉁이에 있다. 간판명 'US HOT DOG' 그대로 미국 핫도그 가게다. 빵 가운데에 갓 익힌 소시지를 넣고 취향에 따라 토핑을 하거나 소스를 뿌려 먹는다. 보기에는 그저 흔한, 별반 당기지 않는 핫도그다. 값은 5유로. 그런데 이 미국 핫도그 가게에 줄 선 파리지엔이라니! 대체 왜? 관광객들도 기웃거리다 게걸음을 쳐서 줄 뒤로 붙는다. 난 길거리에서 음식 먹는 것을 별로 좋아하지 않는 데다가, 줄을 서야 하면 포기해버리는지라 이 두 가지 조건을 다 안고 있는 이 가게가 솔직히 마음에 들지 않는다.

"알제리안 소스 좀 주세요."

젊은 주인은 힐끔 쳐다보더니 소스 통을 건네준다. 그녀는 소시지 가운데에 지그재그로 새콤달콤 알제리안 소스를 꾸욱 눌러 짜 넣고는 한 입 베어 문다. 그러고는 두 눈을 질 끈 감는다.

"아, 맛있어, 맛있어. 서울에서 먹던 맛. 행복해. 엄마도 한 입!"

손사래 치다 팔뚝이 잡혀 입 주변 가득 묻히며 한 입 물었는데, 아뿔 싸, 제법 맛있다. 젊은이들이 관광지의 애매한 비스트로에서 13유로 내고 접시 하나를 먹는 것보다 낫다고 여길 법하다.

이렇듯 5유로면 행복해지는 길거리 음식이 파리에도 더러 있다. 에그타르트인 키슈, 터키에서 온 화덕 고기 케밥, 중동 음식인 팔라펠(병아리콩을 갈아 코리앤더나 커민 같은 허브를 넣어 동그랗게 튀긴 것으로, 고기를 즐기지 않는 사람들도 즐겨 먹을 수 있다), 달걀을 넣어 얇게 부친 밀전병에 초콜릿과 각종 과일과 치즈를 싸 먹는 크레페가 대표적이다. 마레 지구 유대인 골목을 찾아가보자. 5~7.5유로면 푸짐하고 맛있게 먹을 수 있는 팔라펠 식당들이 몰려 있다. 이곳에서도 맛있는 집은 길게 줄을 서야 한다. 대개는 가게에서 먹지 않고 사 들고 나간다. 그렇게 하면 더 싸기도 하거니와, 가까이에 보주공원이 있어 소풍 온 것처럼 햇볕을 즐기며 느긋하게 먹는 사람들이 많다. 마레 지구를 걷다보면 조그만 소공원을 제법 만난다. 날이 괜찮으면 좁고 복잡한 식당에서 먹는 것보다 테이크아웃을 해 가는 것도 방법이다. 고기를 좋아하지 않는 사람은 기본을 시키는데, 5유로로 제법 배가 부르다.

행복은 의외로 간단하고 작고 소소한 데서 찾아온다. 남의 눈치 안 보고 철저하게 이방인이 되어보는 것이다. 다만 에티켓은 지키는 선에서

다. 핫도그를 양 볼이 불끈 튀어나오게 먹고 마레 지구 안쪽으로 들어와 형형색색 장미꽃 모양의 아이스크림 젤라토 가게 앞에서 기웃거리는 일. 파리에서는 때로 이런 불량 여행이 먹힌다. 아모리노Amorino 앞에는 늘 줄이 길다.

마레 지구 핫도그, **라모자이크(La Mosaique)**

🏠 56 Rue du Roi de Sicile, 75004 Paris

마레 지구 팔라펠, **라스뒤팔라펠(L'As Du Fallafel)**

🏠 34 Rue des Rosiers, 75004 Paris

파리의 쌀국수에는 영혼이 담겨 있다

영혼이 없는 음식을 먹고 나면 돈이 아깝고 쓸쓸함은 덤으로 따라온다. 그래도 맛의 도시라는 파리에서 씹을수록 분통 터지는 고무줄 스테이크와 정체를 알 수 없는 통조림을 데운 음식이 나열된 관광지 식당을 다녀오고 나면 그 헛헛함은 이루 말할 수 없다. 그러므로 몽마르트 언덕이나 노트르담대성당 인근, 루브르박물관, 에펠탑 근처 등 관광객들이 아우성치는 지역의 음식점은 가능한 한 피하는 것이 좋다.

그런데 파리에 간 첫날 오후, 몽마르트 언덕을 올랐다가 식사 때가 되어 알면서도 대책 없이 들어간 식당이 있었다. 사크레쾨르대성당까지 거닐고 나서 나름 알려져 있다는 샐러드 맛집에 갔다. 손님이 제법 많았다. 곁들여 나온 감자칩과 샐러드의 양이 워낙 많은 데다가 가격이 좋으니 유학생들 사이에 인기가 있는 집이다. 공항에서부터 픽업해준 지인이 고마워 샐러드와 함께 거창하게 스테이크를 시켰다. 그런데 메뉴 선택을 잘못한 것인가? 아, 벽돌 같은 고기가 정말로 화가 나서 먹을 수가 없었다. 결국 샐러드만 먹고 스테이크는 포기했다. 그 뒤로 가능하면 관광지 식당에는 가지 않는다. 그럴 바에는 동네 슈퍼에서 반조리 포장 음식을 사서 바게트에 얹어 먹는 편이 훨씬 낫다. 공원도 많으니 그런 데서 와인까지 한 잔 곁들이면 최소의 비용으로 괜찮은 식사를 할 수 있다.

파리에서 제대로 된 음식 중 하나가 쌀국수다. 액상이나 파우더형 인스턴트 육수를 쓰는, 우리가 아는 체인점들과는 다르다. 고기를 푹 삶아 담백하게 낸 국물에 그릇이 넘치도록 담아주는 고기와 완자와 허브들이 보기만 해도 푸짐하다. 국물이 먹고 싶을 때 자주 다녔는데, 오히려 파리지엔들이 더 좋아한다. 게다가 가격은 약 8유로다.

묵고 있는 3구 오피스텔에서 두어 블록 건너, 중국인들이 많이 사는 거리에 맛있는 쌀국수집이 있다는 말을 들었다. 이름은 송홍松光, SongHeng. 하지만 세 번을 찾아갔는데 한 번도 먹지 못했다. 한 번은 막 문을 닫고 있었고, 주말에 갔더니 인기척이 없었고, 비 오는 날 국물 당긴다고 지인까지 대동해서 찾아갔더니 또 닫혀 있었다. 메뉴는 포pho(쌀국수)와 보분bobun(비빔국수) 두 가지인데, 보분을 잊지 못하는 사람들이 많다. 결국 그 옆에 있는 중국집으로 들어가 이것저것 시켜 먹었다. 애매할 때는 중국집이 대안이다. 그런데 대체 송홍은 언제 장사를 하는 거냐고? 집과 가까워서 근처 중국인 슈퍼에 쌀 사러 갔다가도 들르고, 과일사러 갔다가도 무심히 들여다보기는 했다. 주중에는 오전 11시에서 오후 4시까지만 한다. 그래도 이 글을 읽은 분들은 꼭 가보시라. 난 결국 못 먹었지만, 중요한 것은 줄 서서 먹는 집이라는 것.

그 뒤 작정하고 간 곳이 미식가들이 찾는다는 13구다. 과거 베트남은 프랑스 식민지였다. 그런 이유로 중국인들과 보트피플로 들어온 베트남

난민들이 이곳에 정착하여 악착같이 터를 잡았다. 서러워서 눈물로 고기를 삶고 삶아 국수를 말아 내던 곳이다. 13구에서 유명한 집은 포반쿠옹14 Pho Banh Cuon 14다. 바로 옆에는 짝퉁 가게인 포13이 생겼다. 둘 다 엇비슷하다. 다만 포14에는 워낙 줄이 길어 기웃거리다 옆집으로 가고, 또 밀려 그 옆에 있는 또 다른 쌀국수 집인 르콕 Le Kok 으로 간다.

그런데 난 르콕을 말하고 싶다. 줄을 서기도 싫었고, 이 집에는 좀 다른 코드가 있다. 쌀국수 집으로는 이채롭게 앞접시와 포크, 나이프가 놓인다. 이곳에 가면 주문한 음식이 나오기 전에 부탁해야 할 것이 있다. 육수를 내기 위해 삶았던 소고기를 달라고 하라. 그러면 덩어리째로 준

다. 물론 공짜다. 반드시 달라고 해야 준다. 삶은 고기 뜯는 맛이 쏠쏠하다. 배고픈 유학생들이 저렴한 가격에 영양 보충을 하러 간다는 농담이 이해가 간다. 대로변으로는 포집들이 죽 늘어서 있는데, 쌀국수 맛은 별반 차이가 없다. 다만 꼭 언급하고 싶은 사실은 파리의 포는 육수를 제대로 낸다는 것이다. 면 훌훌 건져 먹고 국물 벌컥벌컥 마시고 나면 다시 힘이 생기는 여행 해독제. 파리에서는 쌀국수가 바로 그것이다. 게다가 무슨 허브를 다발로 주니! 그도 저도 싫으면 바로 옆에 있는 중식당 시노라마Sinorama로 가시라. 베이징식 오리와 채소볶음을 잘한다.

송흥

🏠 3 Rue Volta, 75003 Paris

📞 +33 1 42 78 31 70

포반쿠옹14

🏠 129 Avenue de Choisy, 75013 Paris

🚇 톨비악역(메트로 7호선)

📞 +33 1 45 83 61 15

르콕

포반쿠옹14 바로 옆에 있다.

파사주의 낯선 시간 통로, 비스트로 비비엔

레스토랑과 카페 정도는 알겠는데 브라스리brasserie
는 무엇이고, 알 듯 말 듯한 비스트로bistrot와 부
숑bouchon은 어떤 종류의 음식점인지……. 프랑스 거
리에서 만나는 용어가 문화가 다른 우리에게는 참 낯
설다. 브라스리는 종일 여는 맥주집 정도이니 여기서
비싼 음식을 시켜 먹을 생각은 안 하는 것이 좋다. 맥
주나 핫초콜릿 정도 즐기면 된다. 카페, 비스트로, 부
숑은 비슷하게 묶어도 좋을 듯하다. 비스트로의 사전
적 정의는 '정다운 분위기의 작은 식당'이다. 격식 따
지지 않고 주인과 손님이 이름을 부르거나 먹다 만
와인도 보관해주는 동네 사랑방 같은 곳이랄까. 프랑
스를 느끼고 싶다면 비스트로에 불쑥 들어가 그들처
럼 굴어보는 것도 좋다.

　루브르박물관을 찾아간 날, 비가 내렸다. 난 박물관
에 처음 갈 때는 가능하면 전문 가이드와 동행하기
를 좋아한다. 알고 있는 상식에다가 그들의 이야기를
반쯤 보태면 얻는 것도 많고 상상력도 풍부해지기 때
문이다. 이날 가이드는 빈의 선배였다. 루브르를 한
나절에 다 본다는 것은 말도 안 되는 일이다. 그래서
여러 번 가게 되는데, 이날 오전에는 중요한 포인트
만 둘러보았다.

　그런 뒤 늦은 점심으로 찾아간 곳은 인근 팔레루아얄 뒤쪽의 파사주에 있는 비스트로 비비엔Bistrot Vivienne이다. 전통의 갤러리 비비엔Galarie Vivienne 입구 쪽에 있다. 파사주란 '덮개가 있는 통로'라는 뜻으로, 건물과 건물 사이에 지붕이 있는 상가 요지다. 파리에만 스물다섯 곳이 있는데, 마치 시간의 통로를 건너오듯 옛 전통이 남아 있는 상점 거리다.

　우리는 천장에서 빛이 들어오는 유리 통로 쪽에 자리를 잡았다. 고기 요리에 물린 난 늘 나쁘지 않은 선택인 듀럼 밀 세몰리나가 곁들여진 생선 요리를 시켰고, 빈은 역시나 프랑스 순대인 부댕을 시켰다. 대단한 설명이 필요하지 않은 투박하고 두툼한 프랑스식 요리 한 접시가 나왔

다. 음식은 그런대로 편하고, 파사주의 운치와 고풍스러운 인테리어가
파리의 시간 속으로 빨려 들어가게 한다. 옆 테이블에는 개를 끌고 온
여인 둘이 한동안 앉아 있었고, 키 높은 테이블에서는 한 무리의 남자들
이 와인을 즐겼다. 그런 여유로움만으로도 식사 시간은 충분히 즐겁다.
우리가 파리의 음식을 두고 맛있다고 외치며 강조점을 붙인다는 것은
지극히 더 개인적이고 분위기를 타는 일이다. 와인을 좋아하는 사람이
라면 맞은편에 있는 와인숍 르그랑피유에피스 Le Grand Filles et Fils를 기웃거
려보시기를. 아마 비비엔을 포기하고 거기에 눌러앉을지도 모른다. 파
리에서 가장 오래된 와인 숍이다.

식사 후 산책하듯 파사주를 둘러보았다. 오래된 지도 가게에서 제법
머물렀다. 고서적과 장신구점, 옷가게 등 구경거리가 많다. 아마 오랫동
안 팔리지 않았는지 시간의 때가 묻어 있는 골동품들이 눈에 띈다. 여기
서 귀고리 두 쌍을 얻었다. 비 오는 날이라 채광을 느끼지는 못했지만
유리 돔이 인상적이었다. 근래에는 예술가들이 들어오거나 갤러리가 속
속 입주하는 추세다.

비스트로 비비엔
🏠 4 Rue des Petits-Champs, 75002 Paris
📞 +33 1 49 27 00 50
🕐 일요일 휴무

지극히 프랑스다운 저녁,
라쉐즈오플라퐁

저녁을 먹기 위해 좀 이른 시간 마레 지구로 들어왔다. 운 좋게 세 갈래 골목의 길모퉁이에서 재즈 공연을 보게 되었다. 한 명의 여자 보컬과 세 명의 남자가 막 짐을 푼 모양이다. 가볍게 몸을 흔든다. 흑인 남자의 콘트라베이스가 저음을 내고, 기타를 치는 백인 남자의 손가락이 빠르게 음을 변주한다. 색소폰은 슬쩍 물러서 있다. 머리 짧은 흑인 여성이 노래를 부르기 시작한다. 사람들이 몰려든다. 어린아이가 동전통에 돈을 넣고 간다. 이런 일상을 만날 수 있는 파리 골목 여행은 얼마나 사랑스러운가.

거리의 사진사에게 마레는 놓치고 싶지 않은 피사체다. 살짝 틀어져 있는 골목 사이로 스쳐 지나가는 자전거 여행자, 문 밖에서 시간을 보내고 있는 토박이 노인들의 모습, 책, 옷, 빈티지 인테리어 숍까지 멋진 피사체가 수두룩한 곳이기 때문이다.

오늘은 이곳에서 오리 넓적다리를 먹을 것이다. 초록색 창틀이 인상적인 라쉐즈오플라퐁 La Chaise au Plafond 을 찾는 일은 어렵지 않았다. 해가 넉넉히 남았는데 이 집 테라스는 손님으로 꽉 찼다. 아니 좀 쌀쌀한 날씨이지만 테라스부터 찬다. 혼자나 둘 혹은 넷이서 음식을 기다리거나 즐기며 저녁 시간을 보내는 모습

이 평화롭다. 이 집은 작다. 그런 곳이 대개 그렇듯이 좁고 불편하다. 하지만 편안한 프랑스식 음식의 전형을 맛볼 수 있는 집이다. 맛집을 떠드는 호사가들의 다섯 손가락 안에 드는 곳이랄까? 오리 넓적다리를 시켜보시라. 큼지막한 다리가 보기 좋게 나온다. 겉은 바삭하고 속은 촉촉한데, 달콤한 소스에 푹 찍어 먹는 맛은 굉장히 매혹적이다. 11유로짜리 오늘의 메뉴인 소고기 스테이크도 괜찮았다.

파리의 관광지에 있는 비스트로나 카페를 보면 참 궁색하다. 앉고 일어서려면 옆 테이블에 몸이 닿고, 주문을 하기 위해 웨이터와 눈을 마주치려면 한참을 쳐다봐야 한다. 그래서 정말로 파리를 느낄 수 있고 파리 사람들이 늘 가득한, 그들이 단골로 다니는 맛있는 집은 없을지 두리번거리게 된다. 그런 면에서 이 집에 대한 여행자들의 만족도는 높다. 파리 사람들 틈에서 비싸지 않고 소박하게 메인과 디저트 한 접시 시켜놓고 웨이터가 추천해준 하우스 와인을 제법 맛있게 먹을 수 있는 곳이기 때문이다.

덧붙이자면 재즈 클럽을 좋아한다면 서둘러 저녁을 먹고 가까이에 있는 카브형 바인 카브두38리브Cave du 38 Riv에 가보자. 가볍게 맥주 한 잔 하면서 9시부터 12시까지 몸이 들썩거리는 낭만을 느껴보자. 낯선 재즈 클럽에서 밤 시간을 즐기는 것도 여행자가 누릴 수 있는 특권이니까. 나이와 국적을 불문하고 생을 즐기는 아름다운 인생들이 가득하다. 1인당 입장료는 10유로. 홈페이지를 참조하라. www.38riv.com

라쉐즈오플라퐁
🏠 10 Rue du Tresor, 75004 paris
📞 +33 1 42 76 03 22

2부

Paris

리옹의 거리는 어둡고 사람은 없었네

"흉기가 될 만한 물건은? 지퍼백은? 모르겠으면 사람들을 따라 해. 눈치만 빠르면 돼. 파리 드골공항에 내리면 리옹행 국내선으로 갈아타야 해. 헛갈리면 직원이나 정복 입은 사람에게 네 비행기 표를 보여줘. 시간은 여유 있게 잡았어. 충분할 거야."

녹음기처럼 세 번이나 반복했다. 제주도밖에 가보지 않은 그녀는 그렇게 국제선 출국장으로 들어섰다. 새롭게 시작하는 인생 한 편의 시위가 당겨졌다. 누구에게나 그런 순간이 찾아오듯이. 넘치던 끼와 방황은 열정으로 산화되기를, 고비를 만나면 산처럼 우직하고 파도처럼 거세게 그것을 넘어가기를 지켜보는 시선이 있다는 것을 그녀도 느낄까?

그녀가 여러 나라의 상공을 건너는 동안 나는 꼬박 밤을 새웠다. 벨이 울린 것은 눈 주변이 너구리처럼 검게 변한 다음이었다. 리옹공항으로 나가 마중해주기를 부탁한 유진 씨에게서 전화가 왔다. 씨익 웃으며 나오더라고. 중간에 외국인에게 음료수까지 얻어 마시며 잘 왔다더라고. 나중에 그녀는 당시의 마음을 이렇게 전했다.

"검색대로 들어서자 두려움이 몰려왔어요. 이제 혼자구나 싶더군요. 하지만 난 더 단단해져야 한다고 생각했어요. 처음이지 않은 척, 센 척, 당당한 척 스스로 가면을 쓰자고 마음먹었죠. 비행기를 기다리는 시간이 초조했어요. 왜냐하면 전 국제 선을 타본 적이 없으니까요. 카페 앞에서 서성거리다 두 외국인 여성과 이야기를 나누게 되었어요. 그중 흑인여성은 한국말을 유창하게 했어 요. 우리는 서로 시시콜콜한 농담을 주고받았지요. 목이 말랐는데 환전 해 온 유로를 어떻게 써야 할지 모르겠더라고요. 애매하게 서 있었어요. 같이 이야기를 나누던 프랑스 여성이 내 눈치를 보더니만 오렌지주스 값을 내더군요. 그렇게 제 첫걸음이 시작되었어요. 드골공항에서 국내 선으로 갈아타는 것은 의외로 어렵지 않았어요. 비행기 공포가 있는 데 다가 실수를 할까 봐 매사 조심스러웠어요. 리옹에 도착해서 사람들을 따라 문밖으로 나오니 동양인 한 분이 눈에 띄더군요. 유진 아줌마였어 요. 안심이 되더라고요. 아줌마 차를 타고 숙소로 가는데, 주변에는 이 미 칠흑 같은 어둠이 내려앉아 있었어요. 도시의 그 무엇도 눈으로 확인 할 수 없었어요. 거리에는 사람이 안 보였어요. 사실 그것이 더 두려웠 어요."

미식가를 넘어
요리사로

미식가나 요리사가 된다는 것은 어릴 적부터 부모를 통해 학습된다는 생각이 든다. 음식 습관은 대부분 유아동기 때 가족을 통해 형성되기 때문이다. 그러므로 어른들이 아이에게 다양한 식재료와 좋은 음식을 경험하게 하고, 그것에 대해 토론하게 하고, 부엌에서 만들어지는 과정을 긍정적으로 인식시켜준다면 아이는 자연스럽게 식도락에 관심을 갖는다.

가령 이런 밥상 풍속도를 떠올려보자. 저녁 식탁에 와인 잔이 네 개있다. 그중 두 개는 미성년자 아이들을 위한 것이다. 미백색의 와인인 뉴질랜드 소비뇽 블랑을 열어 네 개의 잔에 콸콸 따른다. 들판에서 막꽃 잔치를 벌이는 듯 싱그러운 향이 올라온다. 누군가 먼저 잔을 빙빙 돌려 맛을 본다. 탄성이 터져 나온다. 잔을 든 열다섯 살 아이의 입에서도 기쁨의 말이 흘러나온다.

"지금 와인에서 아빠가 막 깎은 잔디밭 풀 냄새가 나요."

그 햇살 같은 반응에 어른은 고개를 좌우로 흔들며 말한다.

"흠, 이것은 고양이 오줌 냄새야."

"아, 이런 향이 고양이 오줌 냄새예요?"

아이는 무엇을 기억하고는 잔을 내밀어 "치어스cheers!"라고 외친다. 조물조물 무친 참나물 반찬이 소비뇽 블랑과 기묘하게 어울린다는 것을 알게 된 아이는 음식과 와인의 범주를 자연스럽게 연결하게 될 것이다. 웃고 우기며 식재료나 음식 주변의 많은 이야기를 만들어내는 자리가 바로 둘러앉은 밥상이다. 이렇게 자연스러운 밥상에서 미식은 싹튼다.

세상 이야기 다 품고 다니던 기자 시절. 밤늦게 퇴근하면 몸은 말을 듣지 않았고 곧장 소파에 쓰러졌다. 아마 와인 한 잔의 유혹이 없었다면 견뎌내기 힘들었을 것이다. 리슬링 와인 한 잔 먹고 싶다고 중얼거리면 어느새 빈은 감자를 깎고 있었다. 귀찮기도 하련만 아이는 같이 젓가락을 섞어 전을 찢는 재미가 좋은지 상황을 즐겼다. 감자는 꼭 강판에 갈아야 씹히는 맛이 있어 좋다는 등의 말을 교본처럼 구시렁거리면서. 아이는 강판에 손이 까져가며 노릇노릇 감자전을 부쳐냈다. 밀가루 하나 안 섞고 부서지지 않게 구워내는 그 실력을 인정하며 난 반쯤 풀린 눈으로 늘 "퍼펙트"를 외쳤다. 그런 크고 작은 분위기를 통해 빈은 요리는 특별한 영역이라는 거부감을 일찌감치 물리쳤을 것이다.

미식가나 요리사는 음식을 사랑해야 한다는 점에서 같은 줄기에서 비롯된다. 그런데 자식이 미식가를 넘어 요리사가 되겠다는 것을 밀어주기란 쉽지 않은 일이다. 치열한 삶의 난장인 요리판. 노동 강도는 황소라도 잡아야 할 지경이지만 봉급은 쥐꼬리만큼이다. 지금 한국에서는 기이하게 부풀려지고 있지만, 요리사에 대한 사회적 인식은 여전히 낮은 편이다. 요리는 결코 텔레비전에서 보는 것처럼 엔터테인먼트가 아니다. 그러나 요리가 자신이 이끌어가기에 따라 가장 상위의 종합 예술이 될 수 있다고 생각한다면, 그래서 인생을 치열하게 살아가는 데 모티프가 된다면, 그의 일상은 에너지로 넘쳐날 것이다. 세상을 건강하게 끌어가는 가장 직접적인 실생활 코드이니까. 생각해보면 부모의 역할은 언제나 정해져 있다. 아이가 인생의 돛단배를 띄웠을 때 바다로 나아갈 수 있도록 최소한의 동력을 보태주는 것, 그리고 어긋날 때는 하늬바람처럼 방향키를 살짝 건드려주는 것. 스무 살 그녀는 그렇듯 든든한 응원을 등에 업고서 두렵고 설레는 마음으로 요리사가 되기 위한 첫발을 내디뎠다.

요리를 하겠다고?

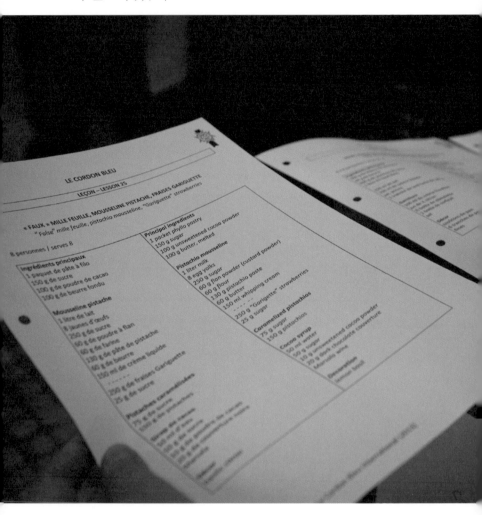

LE CORDON BLEU

LEÇON – LESSON 25

« FAUX » MILLE FEUILLE, MOUSSELINE PISTACHE, FRAISES GARIGUETTE
"False" mille feuille, pistachio mousseline, "Gariguette" strawberries

8 personnes | serves 8

Ingrédients principaux
1 paquet de pâte à filo
150 g de sucre
100 g de poudre de cacao
100 g de beurre fondu

Mousseline pistache
1 litre de lait
8 jaunes d'œufs
250 g de sucre
60 g de poudre à flan
60 g de farine
130 g de pâte de pistache
60 g de beurre
150 ml de crème liquide

200 g de fraises Gariguette
25 g de sucre

Pistaches caramélisées

Principal ingredients
1 packet phyllo pastry
150 g sugar
100 g unsweetened cocoa powder
100 g butter, melted

Pistachio mousseline
1 liter milk
8 egg yolks
250 g sugar
60 g flan powder (custard powder)
60 g flour
130 g pistachio paste
60 g butter
150 ml whipping cream

250 g "Gariguette" strawberries
25 g sugar

Caramelized pistachios
75 g sugar
150 g pistachios

Cocoa syrup
50 ml water
10 g sugar
20 g unsweetened cocoa powder

20 g dark chocolate couverture
Marsala wine

Decoration

132

요리 유학을 결정한 그녀에게 내가 한 말은 현실적이고 매서웠다.

"요리는 결코 가볍고 시류를 타는 유행가처럼 달려들어서는 안 돼. 요리사는 좁고 뜨겁고 눅눅한 곳에서 15시간을 버텨야 하는 종군 기자와도 같아. 그것도 남자들 틈에서 같이 욕하면서 실력으로 살아남아야 하지. 파인다이닝 요리사 중 여성이 몇 퍼센트나 될 것 같니? 10퍼센트도 채 안 될 거야. 같이 먹살을 잡을 일이 있을지도 몰라. 게다기 누군가를 위해 식사를 준비해야 하는 일이야. 너 자신은 테이블에 앉을 수 없지. 몽상가처럼 네 머릿속으로 그리는 환상은 버려라. 너 향수 좋아하지? 그런데 손은 늘 퉁퉁 붓고 네 몸에서는 음식 냄새가 날 거야. 지하에서 버섯과 채소를 다듬으며 1년을 보내야 할지도 몰라. 손님 테이블에 같이 앉으려면 오랜 시간이 필요해. 분명한 것은 네 가치를 올리지 않으면 어렵다는 거야. 멋진 손님과 친구가 된다는 것은 요리만으로는 불가능하거든. 대화가 통해야 하는데 그러려면 음악, 미술, 역사, 인류학까지 많은 지식을 쌓아야 해. 대화는 끊임없는 맞장구이자 교감이거든. 위축될 필요는 없어. 네가 화가의 꿈을 이루지 못한 것이 아쉬울 수 있으나. 요리는 그 이상을 넘어서는 종합 예술이기 때문이야. 마음먹었으면 떠나. 그리고 네 자신을 다독이는 자존감을 놓치지 마. 네 스스로 자신을 사랑하지 않으면 그 투쟁에서 버티지 못해."

언제인가 그녀는 조리기능사 시험을 보고 싶다고 했다. 합격하기 위한 것이라기보다는, 자신이 잘할 수 있는지 알고 싶고 또한 도구를 만져보고 싶어서 그랬던 것 같다. 난 적극적이었다. 같이 조리사 필기시험 공부를 하자고 제안했다. 자극제가 될 테니까. 물론 첫 시험에서 엄마는 붙고 딸은 떨어졌다. 이 시험 문제 중에는 경륜이 있으면 쉬운 것이 많다. 그럼에도 아이는 요리 쪽으로 방향을 잡아갔다. 우리는 관련 전문가들에게 조언을 받으며 좀 더 나은 답안을 찾으려 했다. 국내가 아닌 해외의 학교를 선택한 것은 집중이 필요한 시점이었기 때문이다. 밤새 전화통을 붙들고 친구들 연애 컨설팅을 하는 빈. 국내에 있다가는 답이 없을 것 같았다.

그래서 먼저 세계에서 유명한 요리 관련 학교에 대한 정보를 찾아 나섰다. 그리하여 미국의 CIA, 프랑스의 르코르동블뢰와 폴보퀴즈, 일본의 츠지, 이렇게 네 학교로 좁혀졌다. 그래도 이왕이면 본고장에서 프랑스 전통 요리를 공부해보자고 의견을 모았다. 미식의 고장인 리옹에서 어학 공부를 하면서 폴보퀴즈 입학을 노리기로 했다. 이어 종로에 있는 유학원에 들러 리옹 인근 어학원을 찾아 등록을 마쳤다.

"나는 아무것도 가지지 않았을 때 무엇이든 할 수 있다는 영국의 전통을 믿는다."

영국 출신의 『보그』 편집장 애나 윈투어 Anna Wintour 의 말이 떠오른다. 정말로 그녀는 아무것도 가지지 않았다. 그러니 무엇이든 할 수 있을 것이다. 스무 살이라는 나이는 얼마나 큰 무기인가! 하지만 막막했을 것이다. 프랑스어는 하나도 모르고 영어 또한 시원찮은데 행성에서 떨어진 돌덩이처럼 이국 땅 한가운데 던져졌으니 말이다. 게다가 이 고약한 부모는 프랑스 내에서만 쓸 수 있는 정찰제 휴대폰만 손에 쥐어주고 노트북 등 서울과 통하는 모든 통신 기구는 차단해버렸다. 단 '요리 학교에 들어가기 전까지만'이라는 조건을 달았다. 가혹하지만 그래야 한다고 믿었다. 미련한 방법을 택했으므로 우리는 매달 통신료가 수십만 원씩 나와 골머리를 앓았다. 적응하고 입이 터져 자립할 때까지는 눈 꼭 감고 버텨야 했다. 그것은 인생이라는 먼 기차 여행에서 하나의 터널을 지나는 방법이었다.

어학연수를 군이 리옹에서 하기로 한 것은 세 가지 이유 때문이다. 첫째는 리옹이 프랑스 토속 음식의 본산이기 때문이다. 리옹은 '가스트로노미gastronomie'

라는 단어가 나온 식도락의 고장이요, 주요 와인 산지인 부르고뉴 라인이다. 그런 밭에서 굴러야 와인 냄새라도 맡을 테니 말이다. 둘째는 미슐랭 가이드 별점 세 개를 놓치지 않는 전설의 레스토랑 겸 요리 학교인 폴보퀴즈가 있기 때문이다. 셋째로는 체류비가 저렴해서 어학 공부를 하는 데 굳이 파리를 고집할 이유가 없었다. 서쪽 와인 산지인 보르도와 남쪽 교육의 도시인 몽펠리에도 고려해보았지만, 리옹에서 몸으로 체득할 프랑스 음식의 핵심을 놓치고 싶지 않았다. 수요일과 일요일이면 농부들이 공원 좌판에다가 펼쳐놓는 현지 식재료를 구경할 수 있고, 구시가 쪽으로 걸어가면 내장 소시지인 앙두예트나 돼지의 피로 만든 순대인 부댕 등 프랑스 내륙의 특성이 담긴 정통 요리도 맛볼 수 있다. 그것만으로도 그 요리 문화의 핵심을 체득하게 될 것이다. 해외로 요리 유학을 떠난다는 것은 현지의 전통 식재료와 문화에 대한 체험을 기대하게 한다.

빈은 리옹2대학 부설 어학원에 들어가려고 했으나 시기가 맞지 않았다. 그래서 근처 사립 어학원에 등록하고 다음 학기를 노렸다. 게다가 기숙사에는 자리가 없었다. 어쩔 수 없이 지방에서 올라온 리옹1대학과 2대학 학생들이 머무는 아랍촌의 허름한 기숙사에 짐을 풀었다. 세 평 남짓 되는 방에는 침대 하나, 책상 하나, 옷장 하나가 전부였다.

적막하고 누구와 소통할 수 없는 것만큼 가슴을 답답하게 조이는 일이 있을까? 하지만 그보다 더 어려운 것은 한국 학생들이었다고 빈은 조심스럽게 털어놓았다. 한국 학생들은 대부분 대학을 졸업하거나 박사

과정까지 거쳤고, 개인의 필요에 의해 프랑스어를 배우러 왔다. 그들 사이에서 스무 살인 빈은 막내였고, 그러다보니 일상 속에서 어린애 취급을 많이 받았던 것 같다. 대개 어학연수만 하고 떠나는 이들이라 오지랖 넓은 그녀가 도움을 주거나 마음을 열면 그들은 이용만 하고 어김없이 상처를 주었다고 한다. 그녀는 혼자 버텨야 한다는 것을 느끼고 돌덩이처럼 단단해져갔다.

빈에게는 프랑스 친구가 많다. 말은 잘하지 못했지만 바디 랭귀지는 강했다. 나이가 어린 데다가 붙임성이 있어 도움이 되었을 것이다. 나이가 들어 유학을 온 사람일수록 방에서 혼자 공부하는 경우가 흔하다고 한다. 반면 빈은 기숙사에 있는 리옹대 학생들과 천연덕스럽게 어울렸다. 어차피 빈손으로 시작한 마당이니 창피할 것도 챙겨야 할 본전도 없었다. 히피 음악 축제에 가서 종일 잔디밭을 뒹굴며 놀았다. 요리를 좋아하니 수시로 친구들을 초대하여 한국 음식을 나누어 먹었다. 물론 그럴 때면 초대받은 친구들은 자기 나라의 음식을 들고 왔다. 어느덧 빈은 반복되는 어학원 공부에 슬슬 꾀가 나기 시작했다. 어학원을 안 가고 밖에서 노는 날이 많아졌다. 그러니 일상 회화는 나날이 유창해졌지만 문법이나 쓰기는 엉터리다. 그렇게 빈의 방에는 사람이 끊이지 않았다. 리옹2대학에서 화학을 전공하는 초록 눈의 귀여운 히피족 친구는 언제인가 그녀에게 혼란스러운 가족사를 들려주기도 했다. 빈은 문화적 충격을 받았다. 그럼에도 둘은 지금도 연락할 정도로 마음이 가장 잘 통하는 사이다.

하지만 녹록하지 않은 유학 생활로 스트레스를 받으면서 우울증이 찾아왔다. 그럴 때면 카드를 사서 집으로 전화를 했다. 한국으로 돌아가겠다고 울어대는 그녀를 달래는 일은 가슴에 납덩어리를 넣고 다니는 것처럼 힘겨웠다. 어서어서 시간이 지나가기를, 그리고 잘 견뎌 그녀의 입에서 프랑스어가 터져 나오기를 빌 따름이었다.

"리옹 생활에서 가장 행복했을 때요? 엄마가 먹을 것 바리바리 싸서 부쳐준 택배가 도착한 날이죠. 즐거운 것은 고작 그거였어요. 프랑스인들이 무시하거나 의심할 때는 서글펐어요. 책가방을 메고 슈퍼에 들어가면 가방 열어보라고 해요. 동양인들에 대한 그 눈초리. 자존심 많이

상하더라고요. 처음에는 그럭저럭 지냈는데, 나중에 리옹2대학 부설 어학원으로 옮겨 2년 정도 버틸 때는 정말 지루했어요. 고통스러울 때면 기숙사와 가까운 푸르비에르노트르담대성당에 갔어요. 리옹에서 가장 높은 언덕배기에 있지요. 그곳은 언제나 실망시키지 않았어요. 리옹의 반짝거리는 야경이 가슴을 시원하게 뚫어주었어요. 초등학교 때 세례를 받았는지라 성당에서 기도하는 것은 늘 특별했거든요. 날씨가 좋은 날에는 오른쪽에 있는 고슴도치 공원에서 기타 치고 맥주 마시며 즐겼어요. 공부요? 죄송하지만 정말 안 했어요. 아, 미안."

꿈의 폴보퀴즈

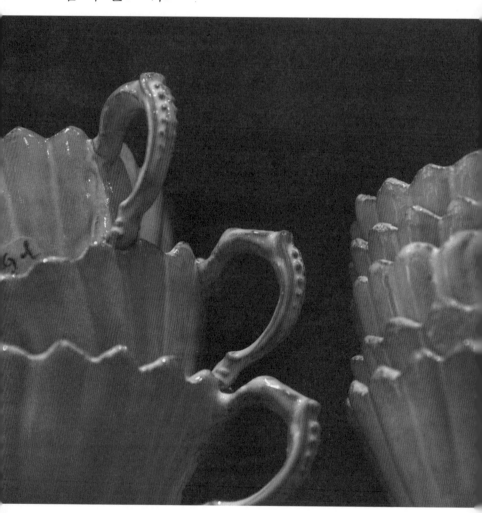

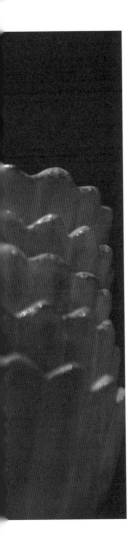

"폴 보퀴즈가 있을 때 빨리 들어와라."

리옹의 명문 요리 학교인 폴보퀴즈 학생들은 이곳에 들어오기 위해 준비하는 이들에게 농담처럼 이렇게 말한다. 그럴 만도 한 것이 폴 보퀴즈Paul Bocuse, 1926-는 우리 나이로 벌써 아흔, 곧 졸수卒壽에 이르렀으니 말이다. 그는 열여섯 살에 요리에 입문하여 73년간 주방을 진두지휘해온, 프랑스 요리계의 살아 있는 전설이다. 그의 레스토랑은 1965년 이후 미슐랭 가이드 별점 세 개를 놓치지 않았다. 그가 프랑스 요리기능장MOF의 상징인, 삼색 목깃이 달린 조리복을 입고 근엄하게 나타나면 격조와 품위가 대단하다. 하지만 나이 탓인지 근래에는 학교에 자주 안 나타나 학생들조차 그의 얼굴을 보기가 힘들다고 한다.

빈도 폴보퀴즈 입학을 목표로 리옹에 갔다. 리옹의 외곽에 있는 본점 샤토Château와, 중심지인 벨쿠르광장 주변으로 포진해 있는 폴보퀴즈 레스토랑은 늘 경외의 대상이었다. 요리 학교 폴보퀴즈는 명성만큼이나 시스템이 잘 되어 있기로 유명하다. 또한 졸업 후에도 학생들의 앞길이 잘 열린다고 한다. 3학년의 지도 아래 1, 2학년이 만들어 내놓는, 7~8만 원대의 저렴하고 질 좋은 캐주얼 정찬은 언제나 인기가 높다.

빈도 비록 용돈은 부족하지만 이 또한 공부이니 한 번씩 그것을 맛보며 폴보퀴즈를 만날 꿈을 키워갔다.

폴보퀴즈에서는 프랑스 요리법과 호텔 경영에 대한 수준 높은 교육을 제공한다. 외국인들에게는 프랑스어 인증시험 DELF B2 이상의 실력을 요구한다. 또한 한국에서 대학을 입학했다는 증명이 있어야 쉽다. 고등학교만 졸업한 경우에는 졸업증명서, 성적증명서, 생활기록부, 지원 동기서 등을 프랑스어로 작성해서 제출해야 한다. 1시간 30분 정도 프랑스어 면접과 필기 시험도 치러야 한다. 그런데 한국 학생은 한 학기당 한두 명밖에 뽑지 않는다. 과거에는 대여섯 명까지도 뽑았으나 중도에 포기하는 학생들이 많아 결원 손해를 막기 위해 대폭 줄였다는 소문이 있다. 게다가 응시 기회도 두 번만 준다. 프랑스인이나 이탈리아인은 열 명 이상 뽑는다고 하니 준비하는 쪽에서는 불평불만이 터져 나올 법하다. 사립 요리 학교이다보니 등록금 또한 만만치 않다.

한국에서는 근래 요리사의 인기가 높아지면서 대학을 나오거나 현직 요리사로 일하는 사람들이 많이 밀고 들어온다. 그러다보니 빈처럼 어학만 하면서 준비하는 어린 학생들에게는 그야말로 하늘의 별 따기다. 빈은 지원동기서도 잘 썼고 고등학교 때의 담임 선생님 추천서까지 첨부했지만 끝내 밀려나고 말았다. 그러나 여기서도 프랑스만의 사데팡ça dépend('그것은 상황에 따른다'는 의미)은 작용한다. 즉 프랑스어 실력이 기준에 미치지 않아도 담당자의 기분에 따라 당락이 결정되는 경우가 흔하다. 유학생들이 가장 혼란스러워하는 것도 이것이다.

폴보퀴즈에서는 학생을 1년에 두 번 받는다. 수업 연한은 2년 반이다. 정규 수업을 마치면 레스토랑에 배치되어 인턴 교육을 받는다. 이 학교의 장점 중 하나는 요리 외에도 경영과 회계까지 가르친다는 것이다. 요리사보다 요리하는 경영자를 만든다고 보면 된다. 이 과정이 끝나면 자신의 선택에 따라 리옹3대학으로 진학할 수 있다. 리옹3대학에서는 1998년부터 교수법을 연계하여 학사 학위를 수여한다. 졸업생들은 폴보퀴즈에서 관리한다. 리옹에서 레스토랑을 열면 현지 신문과 잡지와 연계하여 꾸준히 활동을 넓힐 수 있도록 홍보 지원을 아끼지 않는다. 실제로 리옹에서 레스토랑을 연 한국인 졸업생이 있는데, 언론의 주목을 받으면서 몇 달치 예약이 밀려 있다고 들었다. 별을 향해 달리는 젊은 셰프들의 도전이 이어지는 곳인 만큼 이 학교에서는 놀라운 일이 끊임없이 생겨나고 있다.

폴보퀴즈
http://www.institutpaulbocuse.com

프랑스에 도착하면 1단계로 체류증부터 받아야 한다. 먼저 오피(OFII)가 어디에 있는지 주변에 물어보자. 오피 양식을 얻어 내용을 작성한 뒤 여권 복사본, 비자 복사본, 비자 입국 날짜가 표시된 페이지와 함께 편지 봉투에 넣어 우체국에 부친다. 오피 주소와 내 주소를 알아서 가야 두 번 걸음을 하지 않는다. A/R 등기로 보내겠다고 하면 우체국 직원이 잘 설명해준다. 오피에서 내 등기를 받으면 수령했다는 엽서를 보내온다. 며칠 뒤 오피에서 체류증 신청에 대한 답변으로 콩보카시옹(convocation)을 보내온다. 오피에서 정해준 날짜에 여권과 비자 원본, 거주증명서, 증명사진, 학교등록증과 함께 오피에서 보내준 서류를 챙겨 사무소로 간다. 이때 55유로짜리 OMI 인지를 챙겨야 하는데, 인지는 오피 근처 담배 가게에서 판다.

사무실에 가면 일단 오피 안에 있는 병원에서 간단한 건강 검진을 받는다. 신체검사 수준이다. 가족 병력을 묻기도 하는데, 당뇨와 같은 일부 단어는 한글로 표기되어 있다. 신체검사가 끝나고 모든 서류가 통과되면 비자 뒷면에 1년 체류증 노란 카드를 붙여준다.

갱신은 체류증 만료 날짜가 끝나기 두세 달 전에 해야 한다. 거주증명서, 휴대폰요금납부증명서, 전기세증명서, 지난 학기 성적증명서와 출석증명서, 새 학기 학교등록증 등을 미리 준비해놓고, 파리 경시청 홈페이지를 통해서 체류증 갱신에 관한 인터뷰 약속을 잡아야 한다. 이것은 해마다 연장해야 한다. 경시청 직원이 모든 서류를 검토하고 지난 1년간 유학생 신분으로서 학업에 충실했다는 것이 서류로 증명되어야 새로운 체류증을 내준다. 그러므로 적정한 성적을 유지해야 하고, 학교 등교 일수가 모자라거나 중간고사와 기말고사에서 한 과목이라도 보지 않으면 안 되는 등 제법 신경을 써야 한다.

눈물의
로마네콩티

"로마네콩티?"

숍 주인은 한참을 머뭇거렸다. 초췌한 동양 소녀가 와서는 더듬거리는 말로 뜬금없이 프랑스 최고의 와인인 로마네콩티를 찾으니 머리카락이 쭈뼛 솟았을 법하다.

"이 숍에는 로마네콩티가 없습니다. 따로 주문을 해야 하지요. 그런데 그 와인이 얼마인지 대략 아시는지요?"

"엄마가 로마네콩티를 좋아해요. 어느 정도면 살 수 있나요?"

"빈티지에 따라 많이 다른데요, 저도 물어봐야 합니다."

그제야 엄마의 말이 농담이었다는 것을 눈치챈 빈은 급히 수습하기 시작했다. 그러고는 이렇게 둘러댔다.

"여기에 있는 것 중 추천해주시는 와인을 사겠습니다."

사연은 이러했다. 어느 날 통화하는 중에 빈은 "한국에 들어가는 친구가 있으니 엄마가 좋아하는 와인을 보내고 싶어"라고 했다. 난 유학생이 무슨 돈이 있느냐며 한사코 말렸다. 그래서 구라를 치며 "로마네콩티가 아니면 보내지 마"라고 했는데, 아뿔싸! 난 빈이 그 말을 정말로 믿을 줄은 몰랐다. 와인 산지에 갔으니 평소 와인 공부를 하라고 책도 보냈건만, 그 정도 상식조차 없었다니! 부르고뉴 포도밭 한 고랑이라도 가지고 있는 총각을 눈여겨보라고 했더니만 글러먹었다.

결국 와인 숍 주인은 동양 소녀에게 제법 값이 나가는 본로마네 1등급 와인을 추천했다. 빈은 띠벌린 죄가 있어 한 달 용돈을 고스란히 쏟아부어 고가의 와인을 옆구리에 끼고 나올 수밖에 없었다. 이놈의 와인 한 병이 뭐기에 내 한 달 용돈을 먹어버리나 싶어 숍 문을 나서는데 몸이 후들후들 떨리더란다. 지나고 나니 말이지 나는 막 웃음이 나왔다. 빈의 인생에서 가장 비싸게 주고 산 본로마네는 지금 와인 셀러 가장 하단에 모셔져 잘 익어가고 있다. 훗날 빈이 배우자를 데리고 오면 이 이야기를 들려주며 서프라이즈로 오픈하고 싶기 때문이다. 내게는 이 와인이 바로 로마네콩티다.

파리로

"아쉽군요. 우리는 이미 한국인 입학생 두 명을 결정했습니다. 하지만 당신의 지원서를 읽고 어떤 학생인지 궁금해서 보자고 했습니다. 다시 한 번 기회를 주고 싶은데 다음 학기에 도전해보시겠습니까?"

폴보퀴즈에는 빈보다 경력이 더 좋은 한국 학생이 지원했다. 이미 합격자가 결정되어 있음에도 면접 담당관은 그녀와 대화를 나누어보고 싶어 했다.

"어렸을 때부터 그림을 그려왔습니다. 벽에 거는 그림보다는 접시 위에 살아 있는 그림을 그려보고 싶었습니다. 폴보퀴즈를 졸업한 뒤에는 프랑스에서 더 경력을 쌓아 한국으로 돌아갈 것입니다. 지역에서 나오는 식재료를 이용하여 한국 전통 음식과 접목해보고 싶습니다. 그렇게 함으로써 지역 음식 문화의 새 장을 열어보고 싶습니다."

나이에 비해 앞서 있는 생각이 면접관의 마음을 흔든 모양이다. 그녀는 기로에 서 있었다. 이제 프랑스어는 일상생활에서 불편하지 않을 정도로 구사할 수 있다. 그런 상황에서 어학에 1년을 더 투자하는 것은 의미가 없었다. 폴보퀴즈에서는 한 번 더 기회를 주겠다고 했으나, 그녀보다 나은 조건을 가진 지원자가 밀고 들어오면 꼭 그녀를 선택하리라는 보장이 없었다.

"파리로 가자. 폴보퀴즈 대신 단기 르코르동블뢰를 나와 그만큼 경력을 쌓자. 움직이는 곳에 길이 있다. 현장이 답이다."

빈은 폴보퀴즈에 대한 미련을 놓지 못했으나 판단은 빠를수록 좋았다. 2년 반 동안의 리옹 생활은 그렇게 접었다. 르코르동블뢰 홈페이지에 들어가보니 등록 마감 시점이 아슬아슬했다. 입학 원서는 한국의 유학원을 통해 파리 캠퍼스와 메일을 주고받으며 빠르게 처리했다. 모든일은 타이밍이고 리듬을 타야 한다. 욕심 부리다 시기를 놓치면 1년이 공중에 떠버린다. 모든 것이 서툴기만 한 그녀가 파리에서 혼자 정보를 찾아 진행하기에는 시간이 너무나 촉박했다.

빈은 입학을 추진하는 동안 인터넷을 뒤져 파리에 집을 구하기 위해 애썼다. 다행히도 중심가인 3구에 750유로짜리의, 그 지역에서는 찾아보기 힘든 저렴한 스튜디오가 나왔다. 이 집을 원하는 사람은 여러 명이었다. 주인은 한날에 몰아 인터뷰를 진행했다. 그 집이 맘에 들었던 남학생이 웃돈을 얹어주겠노라고 했으나 주인은 여성을 원했다. 다행히 빈은 바로 이전에 살던 여학생과 소통해놓았는지라 무리 없이 입주할 수 있었다.

빈은 전기밥솥에서 정수기까지 온갖 살림살이를 네 개의 박스에 담아 테제베를 통해 파리의 새 집으로 부쳤다. 파리의 집은 5층 건물의 2층에 있었다. 2분 거리에 랑뷔토 지하철역이 있었고, 5분 거리에는 퐁피두센터가 있었다. 게다가 문화의 거리인 마레 지구가 지척에 있다. 중심가여서 움직이기가 좋다. 그곳에는 늘 게이들이 몰려다닌다. 위층에 사는 남

자 또한 게이다. 하지만 게이들은 흔히 생각하는 것과 달리 위험하지도 않고 오히려 친절하다. 이웃사촌으로 지내기에는 나쁘지 않다. 집에 문제가 생겼을 때 도움을 청하면 아주 정성껏 도와준다. 마치 여자 친구처럼 말이다.

이리하여 낯설고 삭막한 파리 생활이 시작되었다. 파리의 방값은 리옹에 비해 배로 비쌌다. 리옹에서는 방값 300유로를 포함하여 생활비가 700유로 들었다. 방값만 750유로이고, 버스 카드비며 휴대폰 요금이며 식비를 포함하면 1,200유로나 들었다. 물가가 비싸니 주머니는 더 가난해졌다.

● tip   **파리에서 집 구하기**

프랑스존닷컴(www.francezone.com)을 검색해보면 유학생들이 주로 이용
하는 한국판 인터넷 사이트를 찾을 수 있다. 거주 증명이나 알로카시옹
(allocation: 국가 지원 집세 보조금)이 되는지 확인한다. 프랑스 복지 제도의 상
징인 알로카시옹은 법으로 보장받는 혜택이다. 외국 유학생들도 신청만 하면
독신이든 커플이든 받을 수가 있다. 집 평수, 가구 완비 유무, 계약서상의 거
주 인원, 건물 건립 연도 등에 따라 책정되는 금액이 다르다. 단 알로카시옹
을 받으려면 체류증 사본을 필수적으로 제출해야 한다. 또한 'CAF'라고 부르
는 알로카시옹 사무실에 등록되는 기간이 제법 걸리기 때문에 6개월 이하의
어학연수자나 교환학생은 현실적으로 받기 어렵다고 보면 된다. 워킹홀리데
이 비자로 온 학생들 역시 혜택을 받을 수 없다. 이런 조건을 잘 보고 적당한
가격대의 집이 나오면 집주인이나 아장스(agence: 부동산)로 직접 전화하거나
이메일을 보낸다. 경쟁자가 많으면 주인이 날을 정해 단체로 면접을 보기도

한다.

한편 살 집이 결정되면 보증금을 내야 한다. '메블레'라 부르는 가구가 이미 완비된 집이라면 두세 달치 세를, 그렇지 않은 집이라면 한 달치 세를 보증금으로 낸다. 현실적으로 이것은 집주인에 따라 다르다. 점점 많은 집주인들이 보증금 이외에도 6개월에서 1년치 집세에 해당하는 은행 보증금 혹은 프랑스 보증인을 별도로 요구하는 추세다. 이 보증금은 나중에 집을 나갈 때 돌려받는데, 망가트린 가구나 물건 등이 있으면 이 돈에서 제외된다. 한국과 달리 이사 나갈 때 청소를 깨끗이 해놓지 않으면 청소비도 제외된다. 살면서 못질 하나라도 함부로 했다가는 집을 나갈 때 주인과 문제가 생긴다.

빈의 집주인은 샹젤리제에서 광고 회사를 운영하며 집을 몇 채 가지고 있는 게이다. 물이 새거나 그 밖의 다른 문제가 생기면 주인에게 연락해 고쳐줄 것을 요구한다. 늑장을 부리거나 명확하게 해결해주지 않으면 며칠 동안의 방값을 못 내겠다고 으름장을 놓는 모양이다. 그러면 바로 해결이 된단다. 때로는 세입자의 목소리도 필요하다. 돈만 제대로 내면 큰 문제는 없다.

요리의 대모, 줄리아

영화「줄리 앤 줄리아」에서 줄리(에이미 애덤스)는 줄리아(메릴 스트립)의 요리책을 보며 365일간 총 524개의 레시피에 도전한다. 요리 말미에는 늘 이렇게 외쳤다.

"본 아페티Bon appetit."

'맛있게 드세요'라는 뜻이다. 코를 킁킁거리게 하는 먹음직한 음식을 앞에 놓고 외치는 프랑스식 인사. 이것이야말로 가장 원초적이고 사람을 행복하게 하는 인사 아닐까? 좋은 음식 앞에서 미소를 머금고 이런 말을 건넬 수 있는 사람이 같이 있다면 인생은 살 만한 것이다.

나는 이 영화를 대략 열 번쯤 본 것 같다. 줄리아는 실존 인물이다. 2004년에 고인이 된 미국 요리의 대모 줄리아 차일드를 그린 것이다. 그녀는 남편을 따라 파리와 마르세유에서 7년간 살며 프랑스 문화와 요리를 체험했다. 또한 파리 르코르동블뢰 수업을 받은 뒤 시몬느 벡, 루이제트 베르톨과 함께『프랑스 요리 예술의 대가가 되는 법』이라는 책을 내기도 했다. 8년에 걸쳐 우여곡절이 있었다고 한다. 그러나 난 실존 인물보다 요리를 매개로 코믹하고 경쾌한 연기를 펼치는 메릴 스트립에게 더 친근감을 느꼈다. 사람과 요리에 빠져 프랑스라는 마법의 도시에서 헤어 나오지 못하는 그녀. 몇몇 대사는 아예 외우고 다니는데, 가령 이런 것이다. 줄리아와 폴이 레스토랑에서 가자미버터구이를 황홀하게 먹는 장면. 다정한 폴이 줄리아를 향해 이렇게 속삭인다.

"당신은 내 빵의 버터이고, 내 삶의 숨결이야."

재채기가 나올 것 같은 솜사탕 대사가 스쳐 갈 때마다 파리라는 도시가 얼마나 달콤하게 느껴지던지……. 나만 그런 것일까?

파리의 미식, 즉 가스트로노미는 자생한 것이라기보다는 르네상스 이후 피렌체의 식문화에서 영향을 받았거나, 정치적 파동에 의해 형성된 레스토랑 산업이 그 단초였다고도 한다. 하지만 18세기 말부터 정착되어 온 맛의 역사는 파리의 가스트로노미를 더욱 견고하게 만들었다. 우리는 파리 음식의 정통을 코스 요리로 여기지만, 그것은 본래 파리가 아닌 러시아 방식이다. 러시아는 날씨가 추워 음식이 곧잘 식기 때문에 코스로 내놓는 것이 어울렸다. 문헌을 보면 프랑스인들은 "테이블 위에 음식을 잔뜩 쌓아 올린 접시를 두고 손으로 집어먹었다"라고 적혀 있다. 이후 큰 접시에 담은 음식을 각자 덜어 먹는 식으로 바뀌었다. 그러다가 러시아 방식인 코스 요리를 받아들이게 되면서 그야말로 화려한 식탁, 즉 오트 퀴진(haute cuisine: 고급 요리) 시대가 열린 것이다.

면면이 이어져온 이러한 역사를 담고 있는 전통 있는 요리 학교를 들여다보아야 비로소 파리의 맛 이야기를 할 수 있을 것 같았다. 그래서 줄리아가 다닌, 120년 된 르코르동블뢰를 찾아갔다. 물론 학교 측에도 정식 취재 요청을 하여 허락을 받은 상태였다. 나는 그곳에서 맛 지도를 형성하는 뿌리인 실습 과정을 고스란히 지켜보았다. 그러면서 왜 수많은 사람들이 요리를 공부하기 위해 파리로 들어오는지, 공부를 끝낸 뒤에도 파리에 더 머물며 현장 경험을 쌓고 싶어 하는지, 젊은 요리사들이 하루 15시간 땀을 흘리는 미슐랭 가이드 스타 레스토랑은 과연 어떤 곳인지 등을 짐작할 수 있었다. 특히 즐거웠던 것은 르코르동블뢰 계단 벽

에서 「줄리 앤 줄리아」의 실제 주인공인 줄리아 차일드의 사진을 본 것
이다. 그녀는 1950년에 이 학교를 졸업했다. 미국 음식이라면 치를 떨
지만 홍보용으로 줄리아를 슬쩍 내세우는 그들이 밉지는 않았다.

　로코르동블뢰는 파리에서 활동하던 저널리스트 마르트 디스텔Marthe
Distel이 1895년에 잡지 『라 퀴지니에 로코르동블뢰』의 독자를 대상으로
진행한 요리 시연 수업에서 출발했다. 당시 여성을 대상으로 한 이 수업
은 획기적인 사건이었다.

르코르동블뢰 수업 참관기

파리라는 공간이 그렇듯이 르코르동블뢰 캠퍼스 또한 협소하다. 보르도의 유명한 샤토처럼 넓은 잔디 밭과 고성을 품은 우아한 공간을 떠올린다면 실망할지 모른다. 그것은 파리 시내에서 조금 떨어진 외곽 15구의 조용한 주택가에 자리해 있다. 지하철 12호선 보지라르역에서 내려 약 5분 정도 걸어가면 된다. 주택 사이에 있어 르코르동블뢰의 상징인 파란 리본을 기억하지 않는다면 딱 놓치기가 쉽다. 하지만 외형이 중요하지는 않다. 시스템과 학생들의 눈빛과 분위기가 궁금했으니까.

사전에 취재 협조 요청을 해놓았는지라 도착하니 담당자가 반갑게 맞이해주었다. 그는 학교에 대해 충분히 소개해주었다. 좁은 강의실 계단을 이동하면서 대기 중이거나 다음 수업을 위해 움직이는 다소 경직된 학생들의 표정이 눈에 띄었다. 난 학교 측의 특별 배려로 맨 앞자리에서 셰프 필립의 수업을 참관할 수 있었다. 레시피를 받고 의자에 앉으니 마치 입학생처럼 마음이 설레었다. 강의실 문이 열리자 몇몇 학생들이 서둘러 앞자리에 앉았고, 금세 뒷자리까지 꽉 찼다. 나는 마치 실존 인물인 줄리아 차일드처럼 호기심 가득한 눈으로 지켜보았다. 수업은 프랑스어

와 영어로 진행되었다. 셰프 필립이 프랑스어로 시연하면 곁에 있던 직원이 영어로 통역했다. 그러니 영어권에서 온 학생들은 프랑스어를 몰라도 수업을 듣는 데 큰 지장이 없다. 다만 중상급으로 올라갈수록 레시피를 이해하고 셰프들과 긴밀한 소통을 해야 하기 때문에 프랑스어는 어느 정도 해야 한다. 무엇보다 프랑스어를 모르면 마지막 스타주(인턴) 과정이 불가능하다.

이날 필립은 가자미구이에 라비올리와 리소토를 곁들이는 네 가지 요리를 동시에 진행했다. 그는 나를 의식했는지 수업 후반에 빈을 앞으로 불러서는 만두피 기계를 돌리도록 하여 폭소를 자아냈다. 수업이 끝나고 셰프가 시연한 음식을 완벽하게 세팅하여 테이블에 내놓았다. 학생들은 비주얼에서 맛까지 직접 경험하면서 머릿속에 새겨 넣었다. 바로 자신들이 실기에서 보여주어야 할 모범 답안 접시이니 말이다. 나도 학생들 틈에 끼어 맛을 보았다. 가감 없이 말하건대 모든 부분에서 완벽했다. 엄지손가락이 번쩍 들렸다. 곧이어 학생들은 시연한 음식을 실습하러 강의실을 떠났다.

르코르동블뢰 수업은 어떻게 진행되나

르코르동블뢰에서는 요리 과정이 초급, 중급, 상급
으로 나뉘며, 세 과정 모두 이수해야 요리 디플로마
를 부여받는다. 석 달 간격으로 진급하며 단계를 올
라설 때마다 이론과 실기 시험을 치른다. 마지막 상
급 과정인 슈페리어에서는 폭풍 수업이 이어진다. 어
떤 날에는 12시간 동안 강의실과 실습실을 전전한다.
과정을 통과하지 못하면 재수강을 해야 한다. 물론
수업료도 다시 내야 한다. 근래 들어 과정이 엄격해
지면서 간혹 탈락자가 나온다. 요리 디플로마 과정에
들어가는 비용은 2015년 기준으로 27,250유로(한화
로 약 3,600만 원)다. 이 비용에는 르코르동블뢰 마크
가 부착된 조리복과 칼 세트가 포함되어 있다. 매 학
기마다 한국인 학생은 몇 명씩 있는 편이다. 한 학기
15명씩 세 개 반이 운영된다.

수업은 시연을 곁들인 이론과 실습으로 구분된다.
특이 식재료는 돌려가면서 냄새를 맡아보거나 만져
보게 한다. 이론 수업이 끝나면 셰프가 시연한 음식
을 조금씩 맛본다. 이어 한 조에 10~14명씩 나뉘어
바로 실습에 들어간다. 당번은 수업 시간 전 지하 부
엌에서 그날 필요한 재료를 가져온다. 학생들은 앞
서 이론으로 배운 조리 과정과 시간을 엄격히 준수해

야 한다. 셰프는 최종적으로 만든 음식을 두고 비주얼에서 맛까지 짚어 가며 평가한다. 이 과정에서 학생들과 토론을 하고 잘못된 점은 지적도 한다. 점수는 바로 공개한다. 점수가 낮으면 재수강을 해야 하기 때문에 학생들은 그것에 굉장히 민감하다. 출석도 중요하다.

학생들에게 가장 큰 스트레스가 되는 것은 매 단계가 끝날 때마다 보는 시험이다. 초급과 중급 단계의 학생들은 시험 보기 일주일 전에 10~12개의 요리 리스트를 받는다. 이 중에서 과제 요리가 결정된다. 학생들은 시험장에 들어가기 전 제비뽑기로 그것을 결정한다. 치즈에서 양파, 허브 등의 양뿐만 아니라, 해당 요리의 그램 수까지 완벽하게 적어내야 한다. 배정된 시간은 2시간에서 2시간 30분 정도다. 모든 과정

을 철저하게 따져 점수로 계산한다. 단계가 높아질수록 요리 리스트도 많아진다. 상급 단계인 슈페리어에서는 창작 작품을 선보인다. 시험 보기 전 셰프는 당일에 쓸 수 있는 정해진 재료만을 공개한다. 그리고 다음과 같은 조건을 부가로 제시한다. 가령 '돌려 깎기가 몇 개, 메인에는 가니시garnish가 들어가야 하고, 밀푀유mille-feuille가 하나 있어야 한다'는 기술적 요구가 그러한 것이다.

시험 보기 일주일 전쯤이면 학생들의 신경은 날카로워진다. 그들은 집에서 메뉴도 짜고 연습에 연습을 거듭한다. 프랑스 요리의 고전에 대한 이해와 현대적으로 재해석하는 창의력까지 요구하기 때문이다. 시험에서는 아페리티프aperitif를 포함하여 서너 접시를 요구하며 4시간을 준

다. 미국, 브라질, 독일, 중국, 프랑스, 심지어 아프리카까지 지구촌 다
양한 나라에서 학생들이 몰리니 뒤지지 않기 위한 생존 경쟁이 치열하
다. 그리고 학생들은 꿈꾼다. 모두 졸업식 날 토크(조리 모자)를 하늘 높
이 날리기를. 그 퍼포먼스에 당당하게 합류하기를.

르코르동블뢰 파리 캠퍼스

🏠 8, Rue Leon Delhomme, 75015 Paris

📞 +33 1 53 68 22 50

🔗 www.cordonbleu.edu

르코르동블뢰 캠퍼스는 파리 외에도 런던, 호주, 한국 등 전 세계 열여덟 곳에 있다. 그런데 빈은 왜 굳이 언어의 어려움이 따르는 파리를 고집했을까? 프랑스 음식의 본고장이거니와, 그 도시가 주는 창의성과 영감 또한 무시하지 못했을 것이다. 노천시장이나 비스트로 등을 들르면서 현지 식재료를 맛보며 문화적 토대를 익히는 경험은 중요하니까. 무엇보다도 가치를 둔 것은 교수진이었다. 그곳에는 프랑스의 빼어난 레스토랑에서 30~40년간 역량을 쌓은 쟁쟁한 셰프들이 합류한다. 물론 다른 나라 캠퍼스에도 프랑스 교수진이 파견된다. 하지만 음식은 문화이니 현지에서 온몸으로 습득한다면 요리라는 마라톤을 유리하게 시작하는 셈이 될 것이다.

"토끼가 눈이 박힌 채 나왔어요."

어느 날 빈은 호들갑스럽게 메시지를 보내왔다. 실습 재료로 나온 토끼를 보고 놀란 것이었다. 눈과 귀가 모두 달린 채 털만 뽑힌 토끼가 식재료로 등장했으니 생초보들 가슴이 얼마나 벌렁거렸을까? 비둘기며 오리도 마찬가지다. 초급반에서는 발이 잘려서 나오지만, 중급반으로 넘어가면 발과 목이 다 붙어 있는 채로 나온다. 닭대가리가 그대로 있는가 하면, 랍

스터의 집게발은 여전히 살아 움직인다. 동물을 잡아보기는커녕 손질
한 번 해보지 않은 새내기들로서는 당연한 반응이다. 하지만 가금류를
많이 쓰는 프랑스 요리에서는 토끼 외에도 메추라기, 오리, 칠면조 등을
다루는 것이 필수다. 예외가 없다. 르코르동블뢰 식재료는 이처럼 야생
의 상태로 던져진다. 동물은 숨이 죽어서 오지만, 상급 단계로 올라갈수
록 털만 뽑힌 채 온전한 상태로 도마 위에 올라온다.

　역사적으로 보면 과거 요리사들은 이런 과정을 당연하게 여겼다. 도
살을 물론이고 가죽을 벗기고 내장을 제거하고 뼈를 바르는 것은 요리
사가 음식을 만드는 과정에서 당연히 해야 할 일이었다. 한 세대 전만
해도 주부들은 날것 잡는 법을 잘 알고 있었다. 1965년 『엘르』에 실린

요리법을 보면 독자들이 토끼 가죽 정도는 벗길 줄 안다고 당연하게 간주했다. 그러고보니 근래 한국의 한 요리사가 한탄하던 것이 떠오른다. 요즘에는 모든 식재료가 바로 사용할 수 있도록 완벽하게 손질되어 배달되는지라 나이 든 요리사들도 동물을 다룰 줄 모른다는 것이다. 빈이 날것을 다루는 데 익숙해지려면 시간이 걸리겠지만, 다행히도 그녀는 '해부'를 적잖이 흥미로워한다.

"공부할 때 사용한 식재료와 허브의 향이 아직도 몸에서 나는 것 같아요. 후추와 타임, 마늘 등 누린 냄새를 없애기 위해 넣던 재료며, 데쳐서 수프를 만들던 아귀며, 오징어 속에 샤프란 리소토를 채워 넣던 일이며, 뵈프부르기뇽(프랑스식 소고기찜)이며, 게와 새우 껍질로 만든 비스크 소스를 뿌려 낸 랍스타며……. 당시에는 냄새 때문에 만들고 나면 못 먹고 버렸는데 지금은 막 그리워요. 느끼한 수업이 끝나면 근처 한국 식당으로 달려가서 감자탕을 먹던 생각이 나네요."

위험한
그녀

"우리가 경계하는 사람 중 '위험한 타이완 아줌마'라고 있었어요. 실습실에서는 모든 학생들이 그녀 곁에 있지 않으려고 피했어요. 실습실에는 위험한 것투성이인데 그녀는 너무나 정신없이 허둥댔거든요. 한번은 그녀의 오븐에서 불이 난 거예요. 놀라서 열어봤죠. 요리 과정에서 고기를 프라이팬에 구워 오븐에 넣거든요. 그런데 어찌 된 일인지 그녀는 고기를 종이와 함께 오븐에 넣었더라고요. 늘 그런 식이었어요. 태우고, 위험하게 다루고, 말썽을 피우니 서로 기피하는 거죠. 우리는 그녀가 왜 요리 학교에 들어왔는지 이해하지 못했답니다. 하하."

다 지난 일이니 웃음이 나오지만 당시는 심각했다고 한다. 하기야 요리 학교도 또 다른 세상이니 별의별 사람이 다 들어올 것이다. 근래 파리 캠퍼스는 중국 학생들의 비중이 커지고 있다. 그래도 중국을 비롯한

아시아권 학생들은 프랑스어를 공부하고 들어오는 경우가 많아서 말이

통하고, 또한 아시아인이라는 연대감이 있어서인지 서로 잘 어울리는

것 같다.

그들은 경쟁 관계에 있으면서도 1년간 같은 강의실에서 공부하면서

각별한 우정을 나눈다. 나중에 레스토랑에 취업하여 다시 만나기도 하

고, 친분이 쌓이면 친구의 나라를 여행하기도 한다. 개중에는 아프리카

에서 온 왕족도 있었다. 각 나라에서 의사나 교사, 변호사 등 전문 직업

인으로 활동하다 뒤늦게 뜻이 있어 뛰어든 독특한 이력의 소유자도 제

법 있다. 한국에서 온 학생들 중에는 특급 호텔에서 이미 중요한 역할을

맡고 있다가 인센티브를 받고 공부하게 된 경우도 여럿 있었다. 그 밖에

도 요리 관련 대학을 졸업하고 왔거나, 나이 들어 제2의 직업으로 뛰어

든 경우 등 다양하다. 한편 중간에 낙제를 하거나 적응하지 못해 자국으

로 돌아가는 이들도 제법 된다. 대개는 요리사가 되고 싶어 하지만, 신

부 수업처럼 기초 코스만 이수하는 이들도 있다.

종일 지하실에서 버섯과 허브만
다듬었어요

학교 추천과 자신의 선택에 따라 빈은 미슐랭 가이드 스타 레스토랑에서 스타주를 시작했다. 프랑스의 주방에서는 규모는 작더라도 직급을 철저하게 지킨다. 또한 단계별로 기간이 있고, 개인차로 그 기간이 단축될지언정 건너뛰고 올라가는 법은 없다. 요리 학교를 나왔다고 해서 처음부터 무엇을 맡기지는 않는다. 가장 바닥에서 궂은일을 견디며 해보아야 그 다음이 보인다.

빈이 일하는 레스토랑의 주방은 오픈형이다. 모든 재료는 지하에서 밑손질을 해서 옮겨 온다. 스타주는 종일 지하에서 각종 허브며 채소며 버섯 등을 다듬어야 한다. 어떤 날에는 버섯만 네 박스를 다듬었다는 둥 허브만 세 박스째라는 둥 그러면서 한국으로 생중계를 한다. 그래도 다행이지 뭔가. 퇴근하면 고단한 일상을 전화기로 쏟아내는 쾌활함이 있으니 말이다.

유럽의 요리사들은 이 과정을 16, 17세 무렵에 마친다. 한국에서도 마찬가지이겠지만 그때는 무엇을 배우기 위한 희생과 헌신의 시기다. 스타주의 월급은 340유로다. 이마저도 두 달 동안은 법적으로 없다. 직급이 코미commis이면 1,900유로를 받는 것으로 되어 있지만, 세금 다 떼고 나면 실제로는 1,350유로밖에 받지 못한다. 하루 14시간 이상 주방에 서서 발이 퉁퉁 붓도록 일하는 것을 생각하면 눈물 나는 액수다.

이토록 박하다보니 오랫동안 성실하게 일하는 직원들에게는 뒤로 챙겨주는 보너스가 있기도 한 모양이다. 그것은 돈일 수도 있고, 공부를 더 할 수 있게 지원해주는 것일 수도 있다. 스타 레스토랑이라면 곧잘 팁이 들어오는데, 레스토랑마다 다르지만 그것은 웨이터들과 적당한 비율로 나누어 갖는다. 유일한 위안이 있다면 무슨 일이 있어도 일주일에 이틀은 쉰다는 것. 휴일에는 대부분 잠으로 때우지만, 그런 꿀맛 같은 휴일이 없다면 미쳐버릴 것이다. 그 밖에도 여름휴가 2주, 크리스마스 휴가 2주, 선택해서 쓸 수 있는 휴가 1주일이 있다. 물론 유급이다.

이와 같이 조건이 척박하므로 희생과 의지와 사명감이 없다면 셰프의 길은 쉽지 않은 일이다. 그래서 이직률도 높다. 그렇다고 몇 년 반짝 배워 스스로 오너 셰프가 되려고 한다면 오산이다. 오너 셰프의 성공률이 높지 않기 때문이다. 툭 하면 농산물 가격 파동이 있는 데다가, 남으면 버려야 하는 신선 식품을 다루고, 파인다이닝 레스토랑이라면 고정적으로 들어가는 인건비가 높아서 흑자를 내기란 쉽지 않다. 속 편하기로는 월급쟁이가 나을 수 있다. 20석의 테이블이 있는데 전문 인력이 15명이라면 어떤 계산이 나올지 확연하기 때문이다.

빈이 일하는 레스토랑 지하는 말리에서 온 바카리와 아다무의 영역이다. 바카리는 3년 되었고, 아다무는 20년째 그곳에서 일한다. 고기 등은 메인 파트에서 담당자가 손질하고, 막내는 위에서 시키는 대로 홍합 같은 해산물이나 채소와 과일을 손질한다. 또는 레시피대로 계량하여 소스를 만들기도 한다. 지하에는 룸 냉장고가 있고, 육수와 고기와 채소는 칸마다 따로 관리한다. 냉장고 관리는 돌아가면서 한다. 식재료가 들어오면 소금과 후추 등을 뿌려 수비드 팩에 압축 포장하여 냉장 보관을 한다. 소고기가 부위별로 덩어리째 들어오면 특수 창고에서 3~4개월간 숙성시킨다. 검은색 표면은 베어내고 속살만 사용한다.

프랑스의 요리사 직급 체계

셰프에그제퀴티프(chef executif) ▲ 총주방장
셰프드퀴진(chef de cuisine)
셰프아드주앙(chef adjoint)
수셰프(sous chef)
셰프드파티투르닝(chef de partie tournant)
셰프드파티(chef de partie)
드미셰프드파티(demi chef de partie)
코미(commis)
스타지에르(stagiaire)
아프라티사주(apprentissage) 견습

요리사의 15시

"봉주르!"

오전 8시 30분. 자전거로, 지하철로, 걸어서 주방 식구들이 속속 출근한다. 그들은 지하 탈의실에서 조리복으로 갈아입고는 각자의 위치에 자리 잡는다. 간밤에 주문한 물건들이 들어온다. 그날 메뉴가 될 식재료를 미리 손질할 시간이다. 레스토랑이 바빠진다. 일처리가 서툴면 마구 소리 질러대는 중간 관리자가 있으므로 머리는 뜨겁고 손은 기계적으로 움직인다.

오전 11시 30분. 약 10분에 걸쳐 정신없이 점심 식사를 한다. 식사 당번은 돌아가며 한다.

오후 12시 15분. 문을 열고 들어오는 첫 손님. 서비스 시작이다. 홀은 우아하고, 주방은 체계적이다. 긴장이 맴돈다. 코스별 서비스 순서에 맞추어 음식이 나간다. 웨이터(갸르송)와 요리사의 호흡이 중요하다. 디저트를 내가는 시간을 놓치면 아이스크림이 녹는 등 좁은 부엌에서 혼선이 생긴다. 이쯤 되면 주방 주변에서 지휘를 하던 오너 셰프는 홀로 나가 손님들과 대화한다. 음식이 어땠는지 물어보기도 하고, 시시콜콜한 일상사까지 나누며 손님을 관리한다. 디저트가 좋았다는 등 칭찬이 더러 주방으로 전해진다.

오후 2시 30분. 복잡하던 열기가 순식간에 빠져나간다. 점심 서빙이 끝나면 저녁을 위해 전열을 재정비한다. 테이블을 정리하고 청소를 한다.

오후 3~5시. 휴식. 요리사들이 하루 중 커피를 가장 맛있게 마시는 시간이다. 어떤 이는 문 밖에 쪼그리고 앉아 담배를 진하게 피운다. 장난기도 발동한다. 이 시간에는 철저하게 쉬는 것으로 되어 있으나, 일이 많으면 그마저도 쉽지 않다. 볼일을 보러 외출하는 사람도 있으나 대부분 피곤하기 때문에 홀이나 탈의실에서 잠을 잔다. 하지만 메뉴가 바뀌거나 의논할 부분이 있으면 이 시간에 회의를 한다. 셰프드파티부터 수셰프까지 머리를 모은다.

오후 5시. 다시 전쟁이 시작된다. 저녁 서비스를 준비한다. 커피를 거듭 서너 잔 마신 상태다.

오후 6시 30분. 요리사와 홀 식구들이 급하게 저녁을 한술 뜬다. 바로 서비스에 들어가야 하므로 밥 먹는 시간은 늘 촉박하다.

오후 7시 15분. 저녁 손님들이 들어오기 시작한다. 코스가 짧고 단품 메뉴가 나가는 점심과 달리, 저녁에는 보통 3시간 이상 식사를 한다. 그야말로 만찬이다. 주방에서는 뜨겁고 소란스럽게, 그러나 규칙적으로 움직인다. 음식이 레시피대로 나오지 않으면 불시에 호통이 떨어진다. 몇 번 실수가 거듭되면 재료 손질을 하는 지하로 다시 내려가야 한다. 아니면 가까운 세컨드 레스토랑으로 이동해야 한다. 여기서도 인성이 부족한 사람이 있으면 많은 이들이 피곤해진다.

오후 10시 30분. 요리 주문 마감이다. 웨이터가 마감 무렵에 주문을

받아오면 주방 식구들의 눈이 매서워진다. 가끔 "디저트가 너무 맛있다. 더 줄 수 없느냐" 하는 주문이 은밀하게 들어오기도 한다. 오너 셰프는 무조건 주고 싶어 하고, 웨이터는 눈치를 보고, 마감을 한 디저트 담당자는 귀찮기만 하다. 대개 남은 것이 있으면 더 내어준다. 손님이 하나둘 자리를 뜨면서 홀은 비어간다. 레스토랑에 고요가 찾아온다. 청소를 하고 파트별로 모여 다음 날 주문해야 할 사항을 수셰프와 의논한다. 수셰프는 업체에다가 내일 쓸 식재료를 주문한다.

자정 무렵. 긴 하루가 끝나고 퇴근이다. 마지막 지하철을 놓치지 않기 위해 뛴다. 남자들은 자전거 페달을 밟는다. 빈은 가끔 집까지 걸어서

온다. 20분 정도 걷는 동안 한국으로 전화해서 못살게 구는 셰프를 고자질하거나 안하무인 신참 스타주에게 복수한 이야기를 한다.

이렇게 요리사의 하루는 반복된다. 철인처럼 일하는 대신 휴일은 철저하게 지킨다. 금요일 밤이나 휴가를 떠나는 전날은 모두 근처 맥주집으로 가서 가볍게 한 잔씩 한다. 떠들고 애인 이야기도 하고 시시콜콜 불만을 털어놓으며 스트레스를 푼다. 그래도 20대 어린 요리사들이 고된 시스템을 잘 버티는 것은 미래에 대한 꿈이 있기 때문이리라. 그렇게 버티고 나면 가업을 이어받기 위해 고향으로 내려가거나(이곳에는 요리사 집안의 자녀들이 많다), 자신만의 공간을 갖기를 원하거나, 목에 삼색 띠를 두른 명망 있는 요리사가 되기 위해 끊임없이 연구하면서 길을 뚫어갈 것이다. 이 어린 요리사들은 꿈 같은 이틀간의 휴식과 긴 휴가가 있기 때문에 '철의 5일'을 넘기는 것인지도 모른다. 휴가 때면 이들은 고향으로 가거나 극한의 스포츠를 즐기거나 여행을 감으로써 스스로를 채운다.

무려 비둘기 40마리야

"오늘은 비둘기 40마리를 손질했어요."

치켜든 쟁반에는 잘 손질된 비둘기가 가지런히 누워 있었다. 며칠 전만 해도 종일 지하에서 허브 한 박스, 채소 두 박스, 버섯 네 박스를 다듬었다고 새내기 티를 풀풀 내더니 비둘기라니, 나는 놀라서 탄성을 질렀다. 아직 동물을 손질할 단계가 아닌지라 더욱 눈이 커졌다.

"무슨 일인지 말해줘!"

이쪽에서 다그치니 자청한 일이란다. 어김없이 이번에도 쉬는 시간을 반납하고 말리에서 온 착한 바카리를 조른 모양이다. 아무렴 그렇지, 애송이 스타주가 비둘기를 잡다니.

"바카리! 나도 비둘기 손질을 해보고 싶어. 좀 알려줘."

"아직 너한테 맡기기에는 불안해."

"잘할 수 있어. 알려만 줘."

"그래? 그럼 자 차근차근 알려줄 테니 따라 해 봐."

그렇게 비둘기 손질법을 바카리에게 배웠다. 한 번은 연어를 완벽하게 해체해보았다며 큰 연어 한 마리를 번쩍 들어 사진을 찍어 보냈다. 예뻐하는 이탈리아 요리사가 그녀의 공부용 겸 직원 식사용으로 주문한 것이란다. 직원 식사는 파트별로 돌아가며 준비하는데, 이런 식재료도 주문할 수 있는 모양이다. 대개는 파스타나 돼지고기나 샐러드가 나오지만, 이날은 특별히 연어 포식를 했단다. 덕분에 온전하게 처음부터 끝까지 연어 뜨는 연습을 했다. 그래서 다음 날에는 빈이 감사의 표시로 한국 잡채를 식사 메뉴로 내놓았는데, 모두 엄지손가락을 번쩍 치켜들며 감동하더란다.

빈은 아직 살아 움직이는 것을 잡는 일에는 몸서리치지만 식육 처리 기능은 배우고 싶다고 한다. 요리사가 재료의 부위나 특징을 알고 음식에 활용하는 것은 큰 장점이니 말이다. 특히 프랑스의 파인다이닝에서는 사이즈가 작은 가금류가 원형 그대로 식재료로 들어오는데, 지하에서 거칠게 손질한 연후에 고기 파트 담당자가 맡는다. 어느 곳이나 어렵고 하기 싫고 힘든 '바닥'이 있다. 그러나 바닥부터 차근차근 쌓아가다 보면 어느 순간 피라미드가 된다. 피라미드는 정상부터 만든 것이 아니다.

정어리
분탕질

"코나르!"

후다다닥. 한 놈이 마치 기름에 물이 튄 것처럼 소란하게 계단 위로 튀어 올랐다. 미셸의 입에서 욕이 터져 나왔다. 그이는 손질하던 정어리를 힘껏 던졌다. 그런데 아뿔싸, 사람은 도망가고 애꿎은 정어리만 문 중앙에 철퍼덕 달라붙었다. 분을 못 이긴, 그러나 얼굴에 장난기가 가득한 미셸이 씩씩댄다. 하지만 상황은 늘 빨리 끝내야 한다는 것을 안다. 대장 셰프에게 발각되면 벼락이 떨어지니까.

스물 하고도 대여섯. 스타 레스토랑의 요리사 나이는 우리가 생각하는 것보다 어리다. 유럽인들은 중학생 때부터 진로를 결정한다. 반면 동양에서 온 요리사들은 최소한 고등학교는 졸업하고 오니 나이가 많은 편이다. 예를 들어 프랑스에서는 애초부터 공부보다 직업 현장에 관심이 있는 학생들은 중학교 2학년 때부터 2년간 진로 과정을 밟으며 선택 과목을 공부한다. 그리하여 고등학교를 졸업하기 전에 이미 자신의 길이 결정된다. 요리, 엔지니어, 부동산, 미용 등 적성에 맞추어 '에콜 프리베'라는 전문학교에서 3년 정도 공부하고 나면 바로 현장에 투입된다. 그러니 20대 중반이면 주방에서 이미 10년차의 핵심 요원이 되어 웍wok 담당이든 고기 담당이든 주요 파트장을 맡는다. 이는 어디까지나 단계와 실력순에 따른다. 대학을 나오거나 뒤늦게 합류한 동양권 요리사들은 나이가 많지만, 주방에서 나이가 도움 되는 경우는 별로 없다. 늙은 신참일 뿐이다. 그런데 빈은 진로 결정을 빨리 하는 것이 꼭 좋은 점만 있는 것은 아니라고 했다.

"모두 그런 것은 아니지만, 주방에 있는 유럽 친구들은 일찌감치 직업 전선에 뛰어들어서인지 감성적으로 메마른 부분도 있어요. 인문학적 감성이 없다고나 할까. 때로는 괴팍하고 거칠고 논리적이지 못해요."

그녀는 그렇게 조심스럽게 관계의 불편함을 털어놓았다. 하기야 좁은 공간에서 서로 등을 부딪치며 일한다는 것은 사람의 인내심을 자극할 것이다. 미셸처럼 장난기 넘치는 악동 노릇이라도 하지 않으면 미쳐버릴지도 모른다. 동료에게 몰래 얼음물을 뒤집어씌우는 것은 예사다. 피시소스와 달걀과 밀가루로 휘핑을 만들어 케이크에 얹어서는 친절하게 입 속으로 쏘옥 넣어주기도 한다. 감동과 경악이 교차하며 소란스러울 주방을 생각해보시라. 가끔은 맞은편 대각선에 자리 잡고 있는 자회사 비스트로 요리사들과 골목에서 친목 대전을 벌이기도 한다. 물이나 요리 재료를 뿌리면서 쫓고 쫓기는 가운데 히히덕댄다. 물론 이 또한 대장이 자리를 비운 오후 4시께나 가능한 일이다. 들킬세라, 치우는 것은 언제나 속전속결이다. 이렇게 낄낄거리고 웃다보면 뭉친 근육이 풀리듯 감정이 녹아내릴 것이다. 그렇게 어린 요리사들은 다시 일할 힘을 얻는다. 분탕질은 짧을수록 맛나다.

"그러다 정든다고요? 뭔가 특별한 로맨스를 듣고 싶으신 모양인데, 그런 것은 생각보다 쉽지 않아요. 워낙 열악하잖아요. 옆의 캐주얼 레스토랑에 동서양의 청춘이 만나 사랑을 키우는 커플이 있어요. 일본 여자와 프랑스 남자예요. 그런데 아무래도 하는 일이 힘들다보니 남자가 여자 일을 도와주거나 남자들의 장난을 막아주는데 오래가지 못하는 경우가 많아요. 제 풀에 지쳐 금방 헤어지더라고요. 글쎄요, 제게도 그런 사랑이 올까요?"

"지금 잘 거잖아. 왜 아이라인을 그려?"

파리에 간 첫날 밤, 퇴근하여 밤 12시가 넘어 들어온 빈이 씻고 나더니 열심히 속눈썹을 그렸다. 이 야밤에 어디 나갈 것도 아닌데 화장이라니, 놀라서 물었다.

"저 이상하죠?"

빈은 그러면서 기묘한 웃음을 흘렸다.

"늘 잠이 부족해요. 5시간 정도밖에 못 자잖아요. 아침에 눈뜨면 그냥 뛰쳐나가요. 지각하면 안 되니까요. 눈썹 그릴 시간이 없어요. 그런데 눈썹을 안 그리면 쌍꺼풀도 없는데 나약해 보여서 싫어요. 동양 여성들은 눈꼬리가 처져서 너무 착해 보이거든요. 외모로라도 얕보이지 않으려고 그리는 거예요. 처음에는 완벽하게 화장 다 하고 출근했어요. 그래도 지금은 조금 포기한 거예요."

"그렇다고 세수도 안 하고 나가니?"

그렇게 핀잔을 주기는 했지만, 프랑스가 좋은 것은 누구도 남의 행동에 간섭을 하지 않고 관심도 없다는 점이다. 이곳에도 지하철에서 화장하는 여인들이 있고, 빵을 뜯어먹으며 뛰는 직장인들이 있다. 그래도 어떻게든 꿀리지 않고 버티겠다는 빈의 모습을 바라

보는 마음은 무겁다. 스무 살에 프랑스로 건너와 여기까지 오는 데 얼마나 계산하고 애를 태우고 포기하고 싶은 날이 많았을까. 아이라인, 그것은 남성 위주로 돌아가는 냉혹한 유럽 요리사의 세계에서 강인하게 살아남기 위해 스스로 거는 체면이기도 한 것이다.

사실 외모야 개인의 특성이니 무엇이라고 말할 수 없는 것이고, 제일 중요한 문제는 체력이다. 그것은 가혹한 환경에서 장시간 버텨야만 하는 요리사들에게 가장 큰 관건이다. 몸이 안 따라주면 어떤 일도 할 수 없다. 여성 요리사가 많지 않은 이유 중 하나도 바로 체력 때문이지 않을까. 다행히도 빈은 키가 174센티미터로 큰 편이고 몸집도 있는지라 어지간해서는 육체적으로 남성들에게 밀리지 않는다. 또 하나 중요한 것은 물 흐르듯 리듬을 타는 팀워크다. 그들이 그녀를 동료로 인식해야 지 여성으로 배려하면 힘들어진다. 주방에서는 서로 돕거나 견제하며 피 터지게 일하지만, 쉬는 시간이면 골목에 쪼그리고 앉아 담배 한 대 빨아대며 낄낄거릴 수 있는 동지로서의 돈독함이 중요하다. 보도블록에 퍼져 앉아 서로 등을 툭툭 치며 웃어대는 이 젊은 초상들은 어쩌면 동료 그 이상도 이하도 아니다. 한 시절을 함께한 청춘들. 그러나 젊으니 익 살스러운 농담은 늘 오고가고, 호감을 가진 이들끼리 자기 일 끝나면 슬 그머니 도와주는 우정은 존재한다.

"어제 에스프레소를 여섯 잔 마셨어요. 늘 긴장해야 하고, 그렇지 않 으면 견딜 수가 없어요. 카페인의 힘으로라도 버텨야지요. 그랬더니 위 경련이 일어나서 저녁을 못 먹었어요. 이 지옥 같은 시기가 얼른 지나가 면 좋겠어요. 칭찬받기 위해 일하는 것은 아니지만 최소한 욕은 먹지 말 아야 하니까. 제가 늘 얘기하던 '그놈' 있잖아요? 오늘 저를 얼마나 들 들 볶은 줄 아세요? 나중에는 열이 머리끝까지 뻗쳐서 실수한 것처럼 발을 꾹 밟아버렸어요. '아, 미안. 부엌이 너무 좁아' 하면서요."

물컵 던지던 루소, 결국은 스타주 연장

"저는 스타주를 더 연장하고 싶었어요. 2개월은 너무 짧았어요. 그래서 요리 학교 취업 담당자인 루소를 찾아갔어요. 그런데 갑자기 물컵을 확 던지더라고요. 순간 그가 내 의지를 테스트한다고 생각했어요. 모른 체 눈 딱 감고 컵을 주워서 책상에 올려놓고는 졸졸 따라다녔어요. 난 스타주를 더 해야겠다고. 이렇게 한국으로 돌아가기에는 너무 부족하다고 그를 설득했어요. 결국 그는 항복했어요. 그 자리에서 지금 제가 일하고 있는 레스토랑으로 전화하더니 스타주를 연장해주라고 하더군요. 학교에서 승인해야 기간을 늘릴 수 있거든요. 그렇게 해서 4개월을 더 얻어냈어요."

요리 학교도 사회다. 그러므로 성실한 태도를 보이는 것이 필요하다. 취업 담당자의 눈에 들어야 스타주 배정이 유리하다. 그런데 빈은 학교에서 정해준 두 달로는 아무것도 할 수 없다고 생각했다. 그것은 말하자면 이제 막 젖을 뗀 돌배기가 아닌가. 바로 한국으로 돌아간다면 무엇을 할 수 있을지 마음이 복잡했단다. 그녀는 기왕 시작했으니 스타주를 늘리고 정식 취업까지 되어야 자신이 원하는 그림이 그려진다고 보았다. 그 첫 단계로 스타주를 늘리기 위해 루소와 그렇듯 기싸움을 벌인 것이었다.

"그는 자신의 눈에 들면 엄청 잘 챙겨주기로 유명했어요. 실습 중에는 일일이 설명해주며 지극히 친절한데, 가깝지 않으면 신경도 안 쓰고 딱딱하게 굴어요. 성격일 수 있겠으나 최소한 학생들 눈에는 그렇게 보였어요. 그런가 하면 셰프 바카는 평소 장난도 잘 치고 웃음이 많은데 주방에만 들어가면 엄격한 프로로 돌변해요. 실습 후 평가를 할 때면 어떤 점이 잘되고 잘못되었는지 섬세하게 짚어주며 설명해줘요. 존경하는 요리사예요."

부딪혀야 한다. 꿈은 저절로 이루어지는 것이 아니기 때문이다. 움직이자. 원하는 것을 이야기하고 협조를 부탁하자. 자신의 포부를 밝히고 때로는 내일을 위해 인내할 필요가 있음을. 세상에 저절로 이루어지는 일은 없다.

오픈과
밀폐 사이

조지 오웰은 초기작 『파리와 런던의 밑바닥 생활』에서 파리의 한 호텔에 대해 이렇게 험담을 늘어놓았다.

"깔끔한 식탁보, 거울, 금테를 두른 코니스, 케루빔 초상이 걸려 있는 화려한 식당에 손님들이 앉아 있고, 겨우 몇십 센티미터 떨어진 구역질 나게 더러운 이곳에 우리가 있었다. 정말로 구역질 나게 더러웠다. 저녁 때까지 바닥을 치울 시간이 없어 비눗물과 상추잎, 찢어진 종이와 짓밟힌 음식이 뒤섞인 곳에서 미끄러졌다."

만화 영화 「라타투이」를 보면 주방 문은 접근할 수 없는 신성한 곳인 양 크고 묵직하고 폐쇄적이다. 여기를 들락거리는 사람은 목을 뻣뻣하게 세운 웨이터뿐이다. 손님들은 감히 넘볼 수 없는 권위가 느껴진다. 키 작은 총주방장 스키너는 사다리를 통해 둥근 유리창 너머로 홀을 쳐다본다. 안과 밖이 기묘하게 대비를 이룬다. 식재료를 보면 비위가 상할 테고, 대량의 요리를 하는 동안 더럽거나 냄새가 나는 것은 당연한 일이다. 빅토리아 시대에는 주방에서 어떠한 소음이나 냄새가 흘러나와서도 안 되므로 동선을 굽이지게 설계했다. 얼마 전까지만 해도 주방은 접시 창구 하나만 뚫어놓은 폐쇄형이었다. 주방은 지저분한 것은 모두 가리고 예쁘고 먹음직한 요리만 내보인다. 하지만 그 속에서는 암투와 신경전과 욕설이 난무한다. 그러니 주방을 가리는 것만큼 정치적인 모션이 또 있으랴.

하지만 근래의 레스토랑 주방은 당당하게 오픈형인 경우가 많다. 청결한 상태와, 젊은 요리사들이 건강하게 요리하는 모습을 보여줌으로써 신뢰를 쌓는다. 치우고 또 치워서 주방은 반들반들하다. 투명 유리로 경계를 그어놓은 경우도 있으나, 일부 캐주얼 레스토랑은 주방을 과감하게 손님과 마주보게 배치하기도 한다. 빈이 근무하는 레스토랑의 주방도 셰프들의 동선이 홀을 향하도록 설계되어 있다. 세 개의 라인이 있다. 앞쪽에는 앙트레 파트가 있고, 고기는 아무래도 맨 뒤쪽에서 굽는다. 사람도 공간도 청결을 유지해야 한다. 준비하면서 조리복에 음식이 튀어 얼룩이 지면 서비스 시간 전에 갈아입어야 한다. 지저분한 상태로 움직였다가는 불호령이 떨어진다.

이렇듯 주방의 모습은 시대와 함께 변해왔다. 그런데 좀처럼 바뀌지 않는 편견이 있다. 즉 미묘하게 피부색이 작용하더라는 것이다. 말리에서 온 바카리는 지하 식품저장고에서 3년을 일했다. 총주방장에게서 극

진한 신뢰도 받는 터줏대감이다. 월급 외에도 주머니에 따로 넣어주는 용돈이 있을 것이다. 하지만 그는 서비스 시간에는 1층에 거의 올라오지 않는다. 그 이유를 누구도 말하지는 않지만, 스타 레스토랑 손님들이 그의 피부색을 원하지 않기 때문일지도 모른다. 밀폐와 오픈 사이. 주방에는 미묘한 틀과 원칙이 있다. 하지만 그 암묵적 틀도 서서히 허물어지고 있다.

파리 4구에 있는 레스토랑에 저녁 예약을 해둔 날, 원피스를 입었다. 혹시 큰 카메라를 들이대면 거북해 할까 봐 손 안에 쏙 들어오는 자동카메라 하나만 들고 갔다. 한 시간쯤 미리 도착해서 주변 화랑가와 골목을 산책했다. 레스토랑 문이 막 열리는 저녁 7시 15분. 묵직한 유리 철문을 밀고 들어서니 내가 첫 손님이다. 좀 이르게 도착한 것은 주방 친구들과 인사를 나누고 싶었기 때문이다.

주방은 오픈형이라 접근하기 쉬웠다. 일하는 사람들이 갑자기 들이닥친 낯선 동양 손님들로 술렁거렸다. 어색한 모양이다. 빈의 친구들이라고 소개하자 몇몇 젊은이들은 잇몸을 드러내 보이며 웃었고, 어떤 이는 얼굴이 빨갛게 달아올랐다. 놓칠세라 카메라를 들이댔다. 어린 요리사들은 포즈를 취하지 못하고 머뭇거렸다. 특유의 눈썰미로 서둘러 주변을 훑어보았다. 반듯하다. 낮 동안 전쟁을 치렀을 텐데 큐빅처럼 반짝거리며 정갈하다.

오랫동안 끓이거나 조리하는 음식은 이미 지하에서 손질해서 왔을 것이다. 주방 테이블은 정교하여 치밀한 실험실을 연상시켰다. 사각 플라스틱 투명 용기에 차곡차곡 마리네이드하거나 준비해놓은 식재료

가 사람의 음식이라고 하기에는 너무나도 질서정연하다. 유년 시절 학
교 앞 문방구에서 마루 위로 무릎을 끌며 반쯤 올라가면 손에 잡히던,
뽑기나 사탕을 담아놓던 진열대가 떠올랐다.

직원들이 지금이야 편하게 웃지만 곧 손님들이 몰려들면 골든타임의
주방은 살얼음판이 될 것이다. 주방과 홀 사이에서 눈으로 맛을 뚫어내
는 오너셰프가 노려보고 있고, 수시로 눈을 부라리며 쪼아대는 수셰프
가 언제 다가와 정강이를 걷어찰지 모르는 일이다. 과거에는 주방 내에
서 알게 모르게 구타가 있었는데, 지금도 아주 없어진 것은 아니다. 잘
하라고 툭 건드렸다고는 하지만, 당사자가 느끼기 나름이니까. 욕설이
나 뺨을 때리는 일까지 벌어진다고 한다. 인격 좋은 상사를 만나는 것도
운이다. 끝까지 버티며 처신을 잘해야 이 바닥에서는 살아남는다.

"빈, 문제없지?"

"예, 셉"

"3번 테이블 4인 디저트 준비!"

"예, 셉"

쇼, 쇼!
뜨겁다고, 비켜!

아끼는 사람을 위해 프라이팬을 돌리고 식탁을 차리는 개인의 요리를 독주(獨奏)라고 친다면, 다수를 위해 시스템이 움직이는 레스토랑의 요리는 오케스트라다. 잘 훈련된 스태프들이 빚어내는 완벽한 화음은 코스라는 다채로움을 선사하며 접시 위의 예술로 승화된다. 전채, 소스, 오븐구이, 석쇠구이, 디저트 등 각기 다른 요리 작업이 운율처럼 접시마다 어우러지며 절묘한 타이밍을 잡아냈을 때, 포크를 든 사람들은 혀끝에서 쾌감을 느낀다. 그러니 스태프들의 절명 같은 촉과 바통처럼 이어지는 호흡 없이는 불가능하다.

"쇼, 쇼chaud, chaud!"

"뜨거워, 나 지나가. 비키라고."

주방에서 쓰는 말 중 이것만큼 중의적이고 다급한 것도 드물 것이다.

이 말은 위험하고 좁고 날카로운 주방에서 서로 경계하고 신경질을 표출하는 마법의 주문이다. 목젖까지 올라온 욕을 눌러 내릴 때도, 보이지 않는 몸싸움을 중재할 때도, 조심하자고 경고할 때도 이 말을 쓴다. 못 들었다며 옆구리라도 툭 건드리면 주방에는 공격적인 분위기가 살아난다.

"빨리 사용하라고!"

다혈질로 악명 높은 수셰프가 소리를 꽥 지른다.

'또 시작이다. 아직 오븐 문도 안 열었거든!'

막내는 속으로 중얼거린다. 하지만 그이에게 그 신경질은 천둥소리처럼 들린다. 바쁜 시간 수셰프 발아래에 설치된 오븐을 사용해야 하는데, 벌써 지청구를 듣고 나니 손이 움직이지 않는다.

"앗!"

순식간에 손등을 데고 만다. 상처투성이인 손에 훈장 하나가 더 붙었다. 막내는 결심한다.

'난 저 자리에 가면 인간에 대한 예의부터 지킬 거야.'

그런데 그것이 쉬운 일일까? 어느 자리나 나름의 스트레스와 소리를 지를 만한 이유가 있다. 하지만 내가 들은 바로는 그 수셰프 문제가 있기는 하다. 주방 막내들이 한 달을 못 버티고 속속 나가는 것을 보면 더욱 그렇다. 그러나 버텨라. 그래야 너도 그 자리에 설 것 아닌가.

서로 조심하지만 영역을 침범하거나 피해를 입히면 목소리도 치솟기 마련이다. 오너의 인상이 변하면 누구도 피할 방법이 없다. 원하는 플레

이팅이 안 나오거나, 지적했는데 실수를 또 반복되면 담당을 뒤로 불러 괴팍하게 소리를 지른다.

"제기랄, 잘들 하란 말이야!"

직접 보여주면서 설명하기는 하지만 분위기는 싸해진다. 하지만 서비스 시간이 지나고 나면 언제 그랬냐는 듯이 격려와 칭찬을 쏟아놓는 것이 또한 대장의 역할이다. 불을 다루듯 목소리의 폭을 다루는 것, 그것도 주방을 잘 지휘하는 비결 중 하나다.

살다보니 일상도 마찬가지다. 누가 "쇼"라고 외치면 일단 비켜주어야 한다. 불도 올라오면 사그라질 때가 있다. 누구든 불을 쥐고 있다. 주방에서든 삶에서든 심지 조절이 필요하다. 키우거나 낮추면서도 그 밑바탕에는 상대방에 대한 예의가 깔려 있어야 한다. 예의는 인성에서 오는 것이며, 습관 아닐까?

영국의 전기 작가 제임스 보스웰은 헤브리디스제도 여행기에서 인간을 '불로 요리하는 동물'로 정의했다. 동물도 기억력과 판단력과 정열은 어느 정도 가지고 있다. 하지만 요리를 하는 동물은 없다. 양념을 치고 조리하고 맛있게 차려 먹는 행위는 직업과 상관없는 것으로서, 인간은 모두 타고난 요리사다. 동의하는가? 여튼 내 결론은 직업으로서의 요리사는 단어나 문장으로 정의하기 힘든 복잡함이 있다는 것이다.

"빈, 변호사와 얘기해보니 네 비자 불가능할 것 같아. 한국에 들어가 있으면 초청 비자를 보낼게. 두세 달 걸릴 거야. 그때 서류를 내고 들어오면 돼. 한국 가서도 놀지 말고 일해. 알았지?"

프랑스는 원천적으로 학생 비자를 취업 비자로 전환해줄 마음이 없다. 빈은 레스토랑에서 비용을 협조받아 거금 3,000유로가 들어가는 고액 변호사를 고용하여 경시청과 몇 달간 실랑이를 벌였다. 하지만 결국 취업 비자는 안 나왔고 비용만 날아갔다. 레스토랑에서 "우리는 이 학생을 직원으로 써야겠습니다. 동양 음식을 잘 아는 요리사가 필요하거든요" 하면서 취업 비자를 신청했다고 하자. 그러면 그들은 이런 식이었다.

"프랑스에도 실업자가 너무 많습니다. 프랑스인들 중에서 비슷한 실력을 가진 이를 혹 찾아보셨나요? 유럽권에서는요?"

일말의 가능성을 염두에 두고 애를 썼으나 헛수고였다. 스타주 4개월은 학생 비자로, 코미 7개월은 변호사를 고용해 취업 비자를 신청한 상태에서 임시 체류증으로 버텼으나, 끝내는 실패했다. 결국 빈은 체류증 만기를 이틀 앞두고 한국으로 들어와야 했다.

레스토랑에서는 초청 비자를 보내고 빠르면 두 달 내로 파리로 들어올 수 있다고 했으나, 그 느려터진 파리시와 대사관의 행정을 어찌 믿겠는가.

　한국에 돌아온 빈은 놀지 말고 일을 하라던 오너 셰프의 말이 가시처럼 목에 걸렸던 모양이다. 시차 적응을 하고 나자 바로 한국 궁중 음식을 표방하는 식당의 견습생으로 들어갔다. 한국 요리를 통해 얻고 싶은 것이 있었을 것이다. 5개월이 되어서야 대사관에서 지원동기서 등의 서류를 내라는 메일이 왔다. 서류를 내고도 인터뷰 날을 잡는 데 한 달 이상 걸렸다. 결국 반년이 훌쩍 지나갔다. 그래도 빈은 운이 좋은 편이었다. 같이 공부한 친구들은 비자의 벽을 넘지 못하고 한국에 들어온 반면, 빈은 결국 버티고 뚫어서 본바다에서 더 공부할 수 있는 기회를 얻었으니 말이다. 현장 경험을 꼭 프랑스에서 해야 한다는 것은 아니지만, 정통 프렌치 요리로 들어선 만큼 본 바다에서 사이클을 몇 번 도는 것이 옳다고 생각했다.

요리는 눈에 불이 들어오고 시간을 다투는 현장성이 생명이다. 요리가 탄생한 바로 그 자리에서 살면서 그곳의 문화를 체득해야만 비로소 겉은 바삭하고 속은 즙으로 가득한 제대로 된 스테이크가 탄생하지 않을까? 내면의 진정성은 설익고 껍데기만 바삭한 음식을 우리는 너무나 많이 보았다. 다시 말하지만 요리는 그저 한때를 풍미하는 유행이 아니다.

한국에 들어온 지 8개월째. 빈은 풀지 않고 언제든 다시 떠날 수 있도록 대기 상태로 놓아둔 트렁크를 들고 파리행 비행기에 올랐다. 그녀는 이렇게 말했다.

"앞으로 5년 정도는 한국에 돌아오지 않을 거예요. 유럽에 머물며 현장 경험을 쌓고 싶어요. 이탈리아와 스페인 요리도 궁금하고요. 제 생각대로라면 한국에는 쉽게 돌아오지 못해요."

"그래, 네 결정을 존중한다. 하고 싶은 일 다 해보렴. 그렇게 하고 싶었던 미술에 대한 열정도 끄집어내보고. 요리를 한다고 해서 잠재된 예술적 허기가 채워지는 것은 아닐 거야. 접시에라도 그려. 헌책방 돌아다니며 유럽 음식에 대한 고문서도 수집해보고. 돈 모으려 하지 말고 열심히 돌아다녀. 여행하고 맛을 봐. 남의 음식을 먹어봐야 내 음식이 보이는 법이니. 지금은 그럴 시기야. 프랑스 남자면 어떠냐. 실컷 연애해라. 청춘은 다시 돌아오지 않는다. 다른 나라 남자와 결혼한다고 해서 반대할 부모는 아니잖니? 그리고 마지막에는 그 남자를 데리고 한국으로 돌아와. 터전인 안면도에서 텃밭에다 채소도 기르고, 가까운 데서 싱싱한 해산물을 가져다가 정말 건강한 음식을 만들어봐. 그래서 사람들을 행복하게 해주렴. 그것이 네 행복이고, 또 부모가 해줄 수 있는 마지막 조언이야."

많은 이야기를 들려주었다. 그녀가 귀담아 들었는지 흘려버렸는지는 모르겠다. 나이 들어가면서 스스로 깨우치겠지만, 욕심 부리지 말고 넘치지 않게 착한 음식을 만드는 성숙한 요리사가 되면 좋겠다.

빈은 정말 매정하게 뒤도 돌아보지 않고 공항으로 들어갔다. 그렇게 파리에서의 일상이 다시 시작되었다. 아마 내색은 하지 않아도 분명 쉴 새 없는 날이 이어지고 있을 것이다. 여전히 아침에 일어나지 못할까 봐 속눈썹을 그리고 잠자리에 들 것이고, 아침 8시면 총알같이 튀어 나갈 것이다. 그리고 밤 12시가 넘어서야 풀어진 몸을 간신히 가누며 귀가하겠지. 출출하여 라면을 삶을 것이고, 일주일치 조리복이 쌓이고 있지만 감히 빨래할 엄두를 못 낼 것이다. 쉬는 날이면 늦잠 자고 일어나 좀비처럼 몸을 굽혀 동네 빨래방을 기웃거릴 것이다. 빨래를 돌려놓고 어느 볕 좋은 카페에 앉아 커피 한 잔 마시고 있을 빈을 생각해본다.

지금, 당장, 가슴 아린 청춘아

"그런데 나 괴롭히던 프랑스 동료 말이에요. 좋아한다고 고백하더라고요. 얼마나 놀랐는지……. 그런데 난 그 사람 싫거든. 그래서 애인 있다고 둘러댔어요. 앞으로 일하는 데 곤란해서 큰일이에요."

젊은이들이 같이 일하는데 어찌 사랑 이야기가 없을까. 특히 동양 여성을 신비롭게 여기는 유럽 남자들은 끊임없이 치근덕거리고, 프랑스 남자에게 관심이 없는 그녀는 좋으면서도 귀찮은 눈치다. 대개 동양에서 요리 유학을 가는 여성들의 경우, 대학까지 마친 반듯한 인재들이 많다. 그런데 유럽의 학생들은 중학교 무렵부터 진로가 결정되면서 현장에 일찍 투입되는데, 아무래도 성숙미가 떨어지는 이들이 더러 있다. 그러기에 젊은 기운으로 화르르 불이 붙어 사귀다보면 이상이 달라 미래를 그르칠 수도 있어 조심스럽다. 프랑스 남자들이 평소 하던 대로 어느 날 갑자기 "나 애인 생겼어" 하면서 헤어지기를 요구하면 동양 여성들은 꼼짝없이 아이를 떠안으며 물러서기 십상이다. 헤어질 때는 접시까지 나누어 챙기는 그들이다. 정이라는 것이 얼마나 많은 짐을 떠안게 하는지, 평생 인생을 어떻게 바꾸어놓는지 알아채기도 전에 말이다. 게다가 살아온 환경이 다르니 품성도 모르

지 않는가. 얼마 전 우리 집에서 함께 잔을 기울인 베를린와인트로피 회장
과 나눈 대화가 떠오른다.

"빈이 요즘 어떤 남자를 만나는지 아니?"

"아니, 어차피 너무 떨어져 있고, 그것은 빈의 몫인 것 같아."

"관리해야 해. 요즘 유럽에는 이상한 청년들이 많아. 조언 많이 해주
어야 할 거야."

그러고보니 런던에서 만난 프랑스 보르도의 금융인인 뱅상도 비슷한
말을 했다. 저녁 식사 중 파리에 있는 빈에 대한 이야기가 나왔다.

"너처럼 근사한 남자 또 없니?"

그러자 그는 현실적인 이야기를 들려주었다.

"프랑스가 개방적인 것 같지만 오히려 닫혀 있어. 전통 있는 좋은 가
문들끼리는 서로 연결되어 있어서 그들끼리 결혼하지. 명문가 자식들
이 만나는 통로는 달라. 다른 사람을 만날 여지가 없다는 거지. 정말로
길거리에서 우연히 만나지 않고는 빈이 파리에서 반듯한 프랑스 남자를
만나기는 힘들어."

전에 보르도 와이너리 투어 때 들은 이야기도 그러했다. 전통 있는 포
도밭 주인들은 그들 자녀들끼리 만날 기회를 일부러 만든다고 한다. 가
령 우연을 가장한 자연스러운 파티를 통해 서로 좋은 감정을 갖게 하는
것이다. 우리의 중매처럼 믿을 만한 집안끼리 혼사를 성사시킨다. 그러
니 파리에서 공부하고 있는 한국의 딸들에게 해주고 싶은 말은, 근사한
프랑스 남자를 만나 멋진 로맨스를 꿈꾼다면 환상을 버리라는 것이다.

연애는 할지언정 결정은 쉽게 내리지 않는 것이 좋다. 빈은 말한다.

"내가 프랑스 남자를 싫어하는 이유는 그들의 속마음을 알 수 없기 때문이에요. 그들이 나를 좋아한다고 속삭여도 꼭 속 깊이 사랑해서 그러는 것은 아닐 수 있어요. 그들은 한국 여성들이 반할 만한 미려한 말을 일상적으로 해요. 알고보면 파리지엔 파리지엔느끼리 쓰는 사랑의 밀어는 동양 여성에게 쓰는 것과는 달라요. 그 행간을 읽어야 해요. 동양 여성들이 많이 착각하는데, 환상을 버리면 좋겠어요."

그나저나 말은 이렇게 하지만 빈이 프랑스 남자를 끼고 들어올지 누가 알겠는가. 부디 정말 사랑한다면 뜨겁게 살기를 바랄 따름이다. 그녀의 인생이니.

Paris

고흐는 살아 있다

빈센트 반 고흐가 생애 마지막 두어 달을 보낸 오베르쉬르우아즈 마을과 밀밭을 보고 싶었다. 고흐는 수십 년간 내 안에서 색으로 꿈틀거리던 생명체였다. 화가가 꿈이었던 소녀에게 고흐는 신앙이었으니까. 파리에 온 나는 어떻게 하면 고흐를 만날지 끊임없이 동선을 살폈다. 머릿속에는 늘 고흐가 죽기 전 극도의 고독과 슬픔을 그려낸 「까마귀 나는 밀밭」이 그의 붓 터치처럼 흔들렸다. 노란 밀밭과 파란 하늘, 검은색 까마귀들. 불과 십여 종의 물감으로 쿡쿡 눌러낸 흔적은 문신처럼 따라다녔다.

7월 29일은 고흐가 서른일곱이라는 짧은 생을 접은 날이다. 내가 오베르쉬르우아즈를 찾아간 것이 8월이니 불과 며칠 전이 추모일이었다. 여름을 지나 볕은 느리게 가을로 물러서고 있었다. 마을 초입에 있는 교회를 둘러보고 비탈길을 올랐다. 까마귀 나는 밀밭은 모두 갈아엎어져 텅 비어 있었다. 가늘게 뚫린 길 양쪽으로는 들꽃이 무수히 흔들렸다. 사람들은 누구도 서두르지 않고 산책하듯 걸었다. 아마 밭둑길 돌아 어디서든 고흐의 숨소리와 붓 터치를 만나고 싶었으리라.

고흐와 테오가 나란히 누워 있는 무덤가에 사선으

로 오후의 볕이 들었다. 담장에는 해바라기가 아무렇게나 기대어 서 있
다. 누가 밀짚 한 주먹을 가져다 놓았다. 그렇지, 생과 사는 이렇게 마른
밀짚 한 주먹의 사이에서 잠시 머무는 시간일 뿐이다.

　돌아오는 길, 동양 여인 둘이 걸어오는 모습이 보였다. 그런데 한 여
인의 어깨에 얼굴만 한 해바라기가 얹어져 있었다.

　"사진 찍어도 될까요?"

　"아, 네. 한국 분이군요. 우리는 독일에서 고흐를 만나러 왔어요. 이
해바라기는 고흐를 떠올리며 독일에서 샀어요."

　한국 여인을 만난 것도 우연이거니와 독일에서부터 꽃을 챙겨 이 시
골 마을까지 들고 온 여인들이 기특해서 두서없는 이야기를 나누었다.

고흐를 떠올리며,
'화가의 길'

우아즈강을 건너 낯선 골목 큰 나무 아래 차를 세우고 나는 한참을 서성거렸다. 불운한 예술가의 슬픈 생애를 만나러 왔기 때문일까? 마을은 너무나 고요하고, 조용하며, 소박했다. 성지 순례를 하듯 고흐의 발자취를 찾아오는 순례객들의 발길은 끊임없이 이어졌다. 그는 자신이 태어난 네덜란드보다 프랑스에서 더 많은 사랑을 받는다. 그것은 여기가 고통과 절망의 마지막 예술혼이 뿌려진 곳이기 때문일 것이다.

밀밭 그림의 배경과 묘지를 둘러보고 마을로 내려와 고흐의 그림이 붙어 있는 골목을 걸었다. 그는 두 달간 무려 70점을 그려냈다는데, 그 흔적을 샅샅이 확인하고 싶었다. 너무 숨죽이고 걸었는지 허기가 지고 갈증이 났다. 그러다 오베르교회에서 50미터쯤 내려오니 길 이름과 동일한 르슈망데팡트흐Le Chemin des Peintres, 즉 '화가의 길'이라는 레스토랑이 있다. 고흐 시절에 이 레스토랑이 있었다면 그는 여기를 들어갔을까? 담쟁이덩굴을 쳐다보고 있다가 빨려들듯이 들어섰다. 가끔은 직관이 통해서 의외의 집을 만나게 된다.

그곳은 다미아노Damiano와 세르지오Sergio라는 두 형제가 운영하는 비스트로다. 시골 동네에 있는 그곳에서 나오는 음식은 그다지 어렵지가 않다. 20~28유로 정도에 앙트레―플라―데세르 세 가지 코스를 즐길 수 있다. 하우스 와인 한 잔 시켜놓고 코스를 주문했다. 동행한 빈은 리옹에서 어학연수를 할 때 먹던 맛이 생각난다며 돼지비계와 기름, 갖은 채소 등을 채워 넣은 부댕을 시켰다. 또 다른 일행은 향신료를 곁들인 돼지고기를, 난 연어를 좋아하지 않지만 밥을 먹고 싶은 마음에 연어가

곁들여진 필라프(볶음밥)를 선택했다. 디저트로 커스터드푸딩 위 캐러멜을 톡톡 깨 먹는 재미가 좋은 크림 브륄레를 시켰더니 간단한 불쇼를 해 준다. 부드럽고 딱딱한 질감의 어울림을 기대했는데 기대에 못 미친다. 수저 들어가기가 너무 무겁다. 그렇게 두 시간 정도 적당하게 즐겼다.

 그새 어둠이 내렸다. 길 건너편 테라스 아래에 커피를 즐기는 젊은 여성들이 보인다. 연결된 돌담과 기와지붕들이 정겹다. 파리에서 승용차로 한 시간 걸린다. 오베르쉬르우아즈 기차역을 등지고 왼쪽으로 약 2분 정도 걸으면 고흐 동상이 있는 공원 맞은편에 제법 알려진 빵집인 아르티장불랑제Artisan Boulanger가 있다. 이곳에서 빵을 사들고 소풍 가는 기분으로 나서도 좋겠다.

르슈망데팡트흐

🏠 3 bis, Rue de Paris, 95430 Auvers-sur-Oise

📞 +33 1 30 36 14 15

2010년 인도의 겨울 밤.

수도 델리에서 자이살메르로 향하는 침대 열차에 몸을 실었다. 여행하면서 처음으로 죽음에 대한 공포를 느꼈다. 인도 남자들이 내가 여자인 것을 눈치챌까 봐 열차 3층 칸에서 거위털 침낭 지퍼를 머리끝까지 채우고는 땀 뻘뻘 흘리며 눈물범벅으로 밤을 새웠다. 사람들 속으로 들어갈수록 '어쩌면 이 여행을 포기할 수도 있겠다'는 힘겨움이 순간순간 엄습했다. 곁에 있는 남편은 한갓 힘없는 여행자일 뿐이었다.

새벽이면 플라스틱 컵을 하나씩 들고 철길에 쪼그리고 앉은 사람들의 정체를 알았고, 나도 '볼일'이 급하면 밭으로 뛰는 것이 빠르다는 것을 아는 데는 오래 걸리지 않았다. 기관지가 좋지 않아 나는 연방 콜록거렸다. 마스크에는 숨구멍을 따라 검은 먼지들이 해바라기 씨앗처럼 박혔다. 거리는 소, 닭, 개에서부터 코끼리까지 온갖 짐승들이 사람과 뒤얽혀 혼란스러웠다. 사람이 바나나처럼 매달린 버스와 휘청거리는 트럭 사이로 빽빽거리는 소음은 모든 감각을 무장해제시켰다. 게다가 오래된 기름과 향신료가 섞인 기묘한 냄새가 숨통을 조여왔다. 무엇보다도 견딜 수 없는 것은 인도 남자들의 정처 없이 떠도는 눈빛과 치근덕거림이었다. 이 도시는 10년이 지나도 같을 것이라고, 다시는 오지 않으리라고 마음먹었다. 그 뒤 3년간은.

2000년 오스트리아 겨울 아침.

반대로 유럽은 어디를 보아도 빈 깡통 같았다. 막 흔들어야 사람 한 명이 주사위처럼 굴러 나올 것만 같았다. 아침을 먹고 나온 거리는 늘 조용했다. 오래되어 버석거리는 건물은 공동묘지처럼 을씨년스러웠다. 건물과 건물 사이는 바람의 통로일 뿐이었다. 가끔 빵을 사 든 노인 한 명이 개를 끌고 지나가고, 한 모퉁이 돌아선 골목에서는 젊은 여인들이 귀에 헤드폰을 끼고 담배 연기를 뿜어내고 있었다. 그녀들의 눈동자는 불안하고 멎어 있었다. 아무리 두리번거려도 채워지지 않았다. 사람과 동물은 모두 어디로 숨었고, 흔한 채소와 과일 장수는 어디로 갔으며, 골목의 소음과 냄새는 어느 시점에서부터 끊겨버린 것일까? 인간의 삶 옆에 있어야 할 것들, 모두 어디로 갔는가? 2000년 빈과 잘츠부르크는 내게 그렇게 빈 공간으로 다가왔다. 일주일 여행자가 느낀 감상이다.

2013, 2014년 파리의 여름 한낮.

노루 꼬리만 한 볕이 쏟아지자 사람들은 거리로 몰려나왔다. 대체 어디에 숨었다가 이제야 나오는 것인가? 센강변이든 퐁피두센터 앞 광장이든 사람들은 아무렇게나 눕거나 앉았거나 껴안았다. 모퉁이 카페는 에스프레소 한 잔 시켜놓고 몇 시간째 해바라기를 하는 세련된 노인들

로 발 디딜 틈이 없었다. 아, 그런데 아이들은 모두 어디로 갔을까? 내가 만난 아이들은 노란색 보호 조끼를 입고 줄 맞추어 횡단보도를 건너던 대여섯 살 꼬맹이들뿐이었다. 같은 색 보호 조끼를 입은 교사들이 앞뒤에서 그들을 인솔했다. 참, 버스를 타는 초등학생들을 보기는 했다. 퐁피두센터 앞에서 난 큰 트렁크를 하나 들고 나와 개와 함께 앉아 있는 '모자란 여인'을 여러 번 보았다. 그녀는 우수에 젖은 눈빛으로 어딘가에 시선을 고정하고 있었다. 그 밖에도 세련된 게이 커플과 건달처럼 쳐다보는 아랍 청년들, 그리고 겨우 접시 둘 놓을 수 있는 손바닥만 한 테이블을 우아하게 차지하고 앉아 끝없는 수다로 저녁 식사를 즐기는 비스트로 손님들……. 이 관광지에서 음식은 8할이 엉터리였으나 자리는 여전히 만석이다. 파리를 즐기려면 나머지 2할을 스스로 찾아내야 한다.

걸어라, 당신은 자유다

느리게, 과거 외젠 앗제Eugène Atget(산업혁명으로 사라
져가는 파리 옛 모습을 기록하려고 애쓴 프랑스 사진가)가
새벽에 사진을 찍던 오래된 골목을 해찰하며 자신의
발자국 소리를 들었다면 그 여행은 가슴에 평생 환희
로 남을 것이다. 그것은 '나 지금 여행 잘 하고 있어'
하는 기분 좋은 확신 같은 것이다. 그래서인지 내 파
리 여행은 비행기 표 두 장과 정해진 숙소 외에는 별
다른 계획이 없었다. 걷다보면 시간이 채워질 테니
까. 다만 카메라가 곁에서 같이 사유해준다는 점이
그냥 걷기와는 다를 뿐이다.

버건디 포도주빛 현관문을 잠그고 계단을 내려오
면서 1층에 있는 공용 쓰레기장에다 쓰레기를 버리
고. 다시 열쇠와 번호로 되어 있는 두 개의 출입문을
열어 바깥세상으로 나갈 때까지 어디로 가야 할지 내
여행 장소는 정해지지 않았다. 문 밖에서 왼쪽으로
갈지 오른쪽으로 갈지를 결정하지 못해 몇 초 주춤거
리는 것이 내 일상이었다. 발이 닿는 곳이 행선지다.
대략 내 집 방향만 머릿속에 담아두고 걷는다. 어떤
날은 너무 많이 걸어 돌아올 길이 난감했다. 노선을
읽을 줄도 모르는 버스 정거장에서 기웃거리거나 지
도책을 놓고 지하철이 닿는지 탐색하는, 영락없는 촌

뜨기 여행자다. 그런들 어떤가.

하지만 이렇게 무심히 걸으면서 난 많은 자유를 얻었다. 카메라가 찍자는 대로 셔터를 눌렀고, 피사체를 기다렸고, 낯선 풍광에 놀라 웃었으며, 공원에 앉아 지나가는 사람들을 바라보는 여유를 얻었다. 사거리 카페 대로변에 앉아 에스프레소와 케이크 한 조각 시켜놓고 볕을 즐기기도 했다. 그 이상도 이하도 아니다. 관광지를 찾아다니려고 소란을 피우지 않았다. 걷다보면 에펠탑이 저만치 보였고, 몽마르트 입구에서는 카메라를 꺼내면 위험하다는 것을 눈치챘다. 프랭탕백화점 꼭대기가 파리를 관찰하는 포인트라는 것도 터득하게 되었다.

막 오픈한 갤러리에 들어가서는 모르는 작가와 짧으면서 상투적인 인사를 나누고 그림을 보았다. 다 둘러보고 마치 지인인 것처럼 방명록에 멋지게 내 한글 이름을 쓰고 나왔다. 해외에서 한글로 사인을 하는 사람은, 한국에서 프랑스어로 인사말을 하는 사람처럼 그들에게는 놀라운 손님이다. 거리의 공연은 어떤가. 퐁피두센터 옆, 퐁네프다리, 마레 지구 골목, 지하철……, 1유로를 내면 맨 앞 로열석에서 공연을 즐기고 엉덩이를 들썩거릴 수 있으니 이만큼 자유로운 공간이 어디 있을까? 할아버지와 할머니가 손을 맞잡고 얼마나 멋지게 댄스를 즐기는지 사랑스럽기 그지없는 파리지엔들이다. 누구도 의식하지 말자. 파리에서 나는 혼자이며, 누구도 간섭하지 않는다. 여름에 겨울 코트를 입고 다닌들, 다 벗고 다닌들 그들은 무관심하다. 그러니 파리에서는 자유로워지자. 걷고 즐기면 그만이다.

2층에서 본 거리

"수녀가 지나가는 그 길가에서 어릴 적 내 친구는
외면을 하고 길거리 약국에서 담배를 팔듯 세상은 평
화롭게 갈 길을 가고 분주히 길을 가는 사람이 있고
온종일 구경하는 아이도……."

그룹 다섯손가락의 노래 「2층에서 본 거리」다. 어
느 날 그룹의 리더인 이두헌 씨와 술을 마셨다. 「2층
에서 본 거리」의 광팬인 나는 이 노래의 사연이 듣고
싶었다. 그는 잠시 머뭇거리고는 서울 남영동 2층 커
피숍에서 정말로 구두를 닦던 어릴 적 친구를 만났다
고 했다. 반가움에 아는 척을 했는데 친구는 창피했
는지 외면하고 사라져버렸다고 한다. 그 친구를 생각
했다면 모르는 체해야 했는데 지금도 가슴이 아프다
고 했다. 그래서 난 이 노래를 들을 때마다 '아는 체
한다는 것의 조심스러움'을 떠올리게 되었다.

파리에 거주하는 동안 나는 내내 이 노래를 흥얼거
렸다. 빈의 월세집이기도 한 숙소는 2층에 있었다. 창
문을 열면 길 건너편으로 은행이 보였고, 거기에서는
서민들이 어떤 행정적인 일을 처리하기 위해 줄을 선
다. 난 이 집에 도착하자마자 탁자 하나를 끌어다 창
가에 놓고 흰 테이블보를 씌웠다. 창틀 바깥쪽 볕이
닿는 곳에는 선인장을 내놓았다. 날마다 이 자리에

앉아 길거리의 사람들을 내려다볼 작정이었다. 어떤 날에는 두 다리를 테이블에 올려놓고 거만하게 앉아, 또 어떤 밤에는 속닥거리는 게이 커플이 알아챌까 봐 커튼을 내리고 바라보았다. 그들이 무슨 이야기를 하는지 들리지는 않지만, '2층에서 본 거리'는 파리의 많은 것을 이야기해주었다. 아는 체하지 않았지만 난 그들과 같이 있었다.

유럽인들은 비가 와도 우산을 잘 쓰지 않는다. 심하게 쏟아지면 남의 건물 처마 밑에서 잠시 비를 그을 뿐 가랑비 정도는 그냥 맞고 다닌다. 여우비처럼 금세 볕이 나는 경우가 흔하기 때문이다. 30분만 버티면 지나간다. 길거리를 내다본다. 비가 오는데 가방을 사선으로 멘 젊은 여인의 자전거가 그냥 지나간다. 느긋하게 개를 끌고 은행에 온 50대 아저씨는 동작이 아주 자연스럽고 태연하다. 개를 문 밖에 묶어놓고 은행으로 들어간다. 훈련을 잘 받은 개는 꼼짝 않고 주인을 기다렸으며 전혀 위협적이지 않다. 몸이 무거운 흑인 여성은 인상을 찡그릴 뿐이다. 걸인으로 보이는 아주머니가 유모차에 온갖 살림을 싣고 지나간다. 아니 다시 뒤로 오더니 무어라 한참 구시렁거리다가 다시 지나간다.

주말 밤이면 일방통행인 이 골목은 잠을 설칠 정도로 시끄럽다. 오픈카를 탄 젊은이들이 음악을 크게 틀어놓고 붕붕 달린다. 며칠 전 새로 문을 연 1층 아랍인 가게에서는 밤새 불빛이 새어 나온다. 근처 게이 바에서 나온 남자들은 팔짱을 끼고 걸어가고, 그런가 싶더니 한 커플은 아예 건물 앞에 주저앉아 맥주를 마신다. 노랑머리 남자는 뒤로 묶은 긴 머리를 가끔 흔들었고, 또 한 남자는 검은 머리를 끄덕거리며 쳐다본다.

한여름이지만 창문을 닫고 자든지 잠을 포기하든지 둘 중 하나다. 별수 없다. 이 거리와 같이 밤을 새우는 수밖에는. 비알레티 모카포트에서 물이 바르르 끓고, 에스프레소 향이 깊다. 글을 쓰거나, 메일을 보내거나, 사진 작업을 하거나, 그렇게 내 파리의 밤은 하얗게 새벽을 맞을 것이다. 그래서 내 파리 여행 중 큰 부분이 이렇게 2층에서 내다본 거리였다. 당신은 해먹에서 흔들리는 몸체처럼 별 생각 없이 오랫동안 창밖을 내다본 적 있는가? 해보시라, 여행이 여유로워질 것이다.

은발의 개와 은빛 머리를 묶어 올린 노파가 광장을 등지고 앉아 있다. 난 그녀의 등을 빤히 쳐다본다. 어쩌면 개는 저토록 주인을 닮았는지 웃음이 콜콜 나온다. 그녀는 검은 정장을 입고 검은 트렁크를 곁에 두었다. 펼쳐놓은 앞자락에는 사막 어디쯤에서 온 듯한 액세서리 돌과 팔찌, 귀고리 등 소품들이 정리되어 있다. 노파는 크게 장사할 마음이 없어 보인다. 난 그녀 앞에 쪼그리고 앉았다. 그제야 관심을 준다. 흰색 돌에 검은 줄이 둘러진 목걸이에 내 눈길이 멎었다.

"아프리카에서 온 행운의 돌이에요. 당신과 매우 잘 어울리네요."

노파는 마치 주술사처럼 행운을 믿으라고 한다. 돌을 손바닥에 올려놓았다. 내가 최초의 주인일까? 누군가 이 돌을 발견하여 맨질맨질하게 다듬고 주석을 씌우고 줄을 달았을 것이다. 그리고 누군가의 목에 걸려 있다가 흘러 흘러 이 자리에서 날 기다리고 있는지도 모른다.

"10유로, 당신에게 좋은 일이 있을 거예요. 그리고 이 팔찌는 내 마음이에요."

노파는 푸른색 줄의 팔찌를 내 손목에 얼른 묶어준다. 행운을 믿기로 했다. 그 흰 돌은 파리를 여행하는

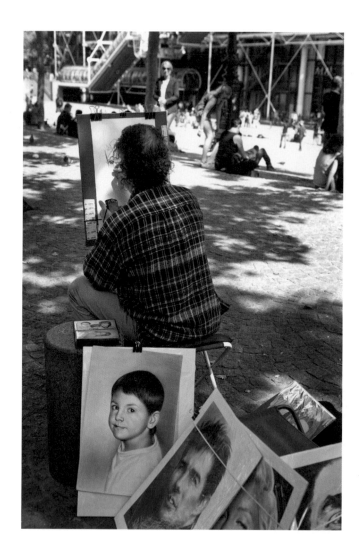

내내 내 목에 걸려 있었다. 아침 먹고 슬슬 걸어 나와 만나게 되는 식구 같은 사람들. 퐁피두센터는 내가 날마다 산책하는 집 마당쯤 되었다. 미술관에 들어가지 않더라도 이 광장에 앉아 자유로운 여행자들을 보고 있으면 시간도 같이 멈추었다. 처음에는 시멘트 바닥에 엉덩이를 붙이는 것이 쉽지 않지만 익숙해지면 누워서 하늘을 보게 된다. 비둘기가 유난히 많은 곳이다.

파리의 멋쟁이 할머니들

파리 하면 요리 말고도 패션이, 아니 패션쇼가 떠오른다. 파리에서 패션은 요리와 같은 선상에 있다. 늘씬한 모델들이 최신 유행의 오트쿠튀르haute couture 옷을 입고 명품 가방을 가볍게 팔 위에 올려놓고는 따박따박 걷는 모습은 얼마나 많은 환상을 심어주는가. 여행 마지막에 이르러 가방에 하나쯤은 넣어오는 향수는 곤궁한 여행자들이 그나마 누릴 수 있는 최소한의 사치다. 그 많은 멋쟁이들은 다 어디로 갔을까? 그런데 눈에 띈 것은 젊은 멋쟁이들보다 머플러, 신발, 귀고리까지 완벽하게 꾸미고 다니는 할머니들이다. 새벽 시장통에서 만난 할머니도, 파리 최초의 백화점 봉마르셰 앞에서 만난 할머니도 멋에 대한 기준은 뚜렷이 가지고 있는 듯했다.

"곱다. 저렇게 늙어야 해."

빈과 걷다가 문득 중얼거린다. 나이라는 것이 참으로 거추장스럽게 느껴진다. 그만큼 파리의 할머니들은 사랑스럽다. 은회색 머리를 곱게 빗고 색을 맞추어 입은 옷과 액세서리는 '아, 패션이란 하루아침에 완성되는 것이 아니구나' 하고 느끼게 한다. 바쁘게 오가는 거리의 젊은이들은 여전히 수년째 유행하는 레깅스와 블랙으로 실용적인 멋을 뽐내지만, 시간과 경제력이 낙락한 할머니들의 패션은 데이트 신청을 하고 싶을 만큼 우아하다. 핑크색 구두를 신고 그것과 맞추기 위해 핑크색 쇼핑백을 가볍게 들어주는 사랑스러움이라니. 그리고 가방과 매칭시킨 스카프라니. 가볍게 흔들리는 귀고리와, 귀찮기도 하련만 색색이 칠한 손톱 매니큐어도 자연스럽다. 몸에 밴 것이 아니라면 나오기 힘든 모습이다.

외출을 하기 위해 한나절을 허비했을 것 같은데, 그것이 일상이 아니고 야 쉽겠는가. 그만큼 자신을 내려놓지 않고 드세며 강한 파리 여인들의 모습을 할머니들에게서 본다.

의상이 꼭 멋지지 않더라도 가령 이런 것이다. 편한 스웨터 차림으로 개를 끌고 나와 가판대에서 그날 신문을 사 들고 느린 걸음으로 사라진 다. 공원 벤치에 앉아 몇 시간째 뜨개질을 하는 할머니도 보인다. 하늘 색 벤시몽 운동화와 같은 색의 목도리를 두른 할머니는 내가 공원을 뜰 때까지 책을 읽고 있었다. 입구에서 본 빨간 캔버스화 할아버지 또한 몸 에서 멋이 배어 나온다. 어느 카페 볕이 좋은 자리에 앉아 에스프레소 한 잔 시켜놓고 시간을 죽이거나, 고급 레스토랑을 예약하여 아주 느리 게 식사하는 노부부의 모습도 인상적이다. 가끔은 시내 중심가에서 손 을 꼭 잡고 쇼핑하는 노부부의 모습이 보여 부럽기도 하다. 어떤 날에는 흰색 정장과 하이힐로 멋을 낸 노익장 커플이 키스까지 하고 있으니, 대 체 이 도시는 사랑을 안 하고는 못 배기는구나 싶다. 노인들까지 진정 사랑스러운, 사랑하고픈 도시가 파리다.

아무도 날 간섭하지 않아서 좋아

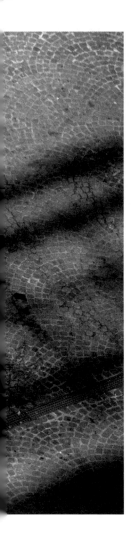

"넌 어느 때 파리가 좋니?"

"파리는 자유의 도시죠. 그러나 분명한 것은 이곳에도 예의가 있어요. 누구도 서로 구속하거나 간섭하지 않아요. 그런 면에서 한국은 제게는 좀 답답해요. 뭐랄까, 옥죄는 느낌? 주변을 신경 쓰지 않고 살 수는 없잖아요."

"힘들어할 때도 많잖아?"

"향수병이 와요. 문득문득. 나른해지고 슬럼프가 와요. 아무렇지도 않은데 힘든 것이 주기적으로 훅훅 찾아오거든요. 이유 없이 눈물이 나요. 그럴 때는 술한 잔 마시거나, 사람을 만나거나, 혼자 이어폰을 끼고 무작정 걸어요. 햇볕이 약이 되어주기도 하지요. 왜 파리 사람들이 카페에 나와 볕을 쬐는지 알아야해요. 워낙 날씨가 안 좋기도 하고, 태양이 약이거든요. 그렇게 건물 속에 갇혀 있으면 고독사 할지도 몰라요."

"파리에서 가장 사랑하는 곳이라면?"

"센강의 다리를 걷거나 그냥 가게들을 둘러봐요. 저는 특별하지 않아요. 평범한 일상을 그럭저럭 잘 꾸려가는 편이랄까. 그러다가 케밥이나 수제 버거를 사 먹거나, 햄과 치즈를 넣은 크레페로 한 끼 식사를

해요. 크루아상이나 쇼콜라도 아주 맛있어요. 디저트로 크림브륄레를
먹는 일 또한 파리의 즐거움 중 하나죠."

"3년간 살았던 리옹은 그립지 않니?"

"매력적인 도시예요. 언젠가는 리옹에서 좀 오래 살아보고 싶어요. 그
런데 저는 그때의 엄마 모습을 잊을 수가 없어요."

"내가 어쨌는데?"

"툭 하면 광장이나 시내 길거리에 주저앉아 사진을 찍었잖아요. 그것
도 길 한가운데서. 하하. 눈에 거슬려서 쳐다보면 엄마였어. 리옹은 좁
아서 사람들이 다 저의 엄마인 줄 안단 말이에요. 엄마는 저와 너무나
닮았잖아요."

"그랬니? 미안하다. 그런데 난 여행지에서 남을 별로 의식하지 않아.

그냥 나일 뿐이지. 파리에서도 그랬니?"

"이제는 그러려니 해요. 오히려 파리는 좀 달라요. 관광객이 워낙 많
고 서로 의식하지 않으니까요. 파리는 고집스럽게 자기 것을 지켜나가
는 곳이고 그 어떤 것도 방해받지 않는 별똥별이에요."

파리의 정체성

"이 밤에 왜 여기 있는 거예요? 위험해요. 집이 어디예요? 제가 문 앞에까지 데려다줄게요."

친절한 게이 씨. 늦은 밤 공원에서 서성거리고 있으면 그들은 이렇듯 동성처럼 우호적으로 걱정스럽게 말을 걸어온다. 마레 지구에는 골목골목 맛집과 빈티지 숍이 많다. 수시로 거리 공연도 볼 수 있는 이곳은 관광객들뿐만 아니라 파리 시민들도 즐겨 찾는 예술의 거리다. 지하철 1호선 오텔드빌역과 가깝고, 근처에는 센강도 있어 산책하기가 좋다. 게이 바가 많다는 점도 특징이다. 어둠이 내리면 게이 바에는 정체성이 모호한 남자들로 넘쳐난다. 놀라워라. 카페 앞에는 수백 명이 모인다. 남 눈치 안 보는 남자들의 해방구. 유럽에서 좀 지내다보면 옷 입는 스타일이나 목소리, 혹은 엉덩이를 씰룩거리며 걷는 걸음걸이만 보아도 게이를 구별할 수 있다. 동성 결혼을 허용하는 나라이니 그 무엇도 문제 될 것이 없다.

한 번은 빈이 비자 문제로 고민하자 주방의 미남 안토니오의 여자 친구인 줄리에타가 이런 제안을 했다.

"빈. 정말 힘들면 얘기해. 내가 너와 동성 결혼을 해서 비자 문제를 도와줄 수 있어. 내 부모님은 그런 문제에 대해 열려 있으시거든. 아마 이해해주실 거야. 내 친구 중에도 게이가 있는데, 서류상의 결혼을 통해 비자 문제를 해결했거든."

쉽지 않은 일인데 고마운 제안이다. 하지만 아무리 궁리해도 그것은 아니다 싶어 거절했다고 한다. 유럽에서 게이는 다양한 방식으로 '출구'가 되기도 한다. 바른 길을 선택한 것이 옳을 때가 많다.

난 마레 지구를 참 좋아했다. 그래서 거의 날마다 산책했다. 골목골목 옛 건물 사이로 불쑥불쑥 등장하는 공원과 숍들을 둘러보는 재미가 좋다. 무엇보다 어딘가에 버티고 앉아 있으면 사진 찍기가 좋았다. 어느 날은 우연히 한 책방을 들렀는데, 알고보니 레즈비언 전문 서점이었다. 처음에는 몰랐다. 서점이니 습관적으로 발을 들여놓았고, 책을 뒤적거리다보니 별천지였다. 여성과 남성에 대해 없는 것이 없었다. 왜 그랬는지 모르지만 주변을 곁눈질하며 30분쯤 기묘한 책들을 구경했다. 손님들 그 누구도 서로 신경 안 쓰는데 혼자 얼굴이 붉어지거나 눈치를 보면서 말이지. 서점을 나오면서 종업원과 눈이 마주쳤는데 살짝 땀이 났다. 길 건너편에는 그 유명한 장미 모양의 젤라토 가게가 있다. 평소 아이스크림을 즐기지 않는데, 그날은 손가락으로 이 색 저 색 주문하여 산처럼 얹어 먹었다. 그런 날도 있다.

비 오는 날에 만난 모나리자

중고 서점 모나리자Mona Lisait를 만난 것은 우연이었다. 집을 나서는데 보슬비가 내렸다. 카메라를 겨드랑이에 끼고 걷기 시작했다. 마레 지구 깊숙이 들어왔을 무렵에는 빗방울이 제법 굵다. 잠시 피할 장소가 필요했다. 그런데 익숙한 단어와 그림의 간판이 눈에 들어왔다. 뭐지? 모나리자? 점원이 가판에 내놓은 책들을 주섬주섬 안쪽으로 들여놓고 있었다. 서점이다. 지난번 노트르담대성당 인근에 있는 셰익스피어앤컴퍼니는 일부러 찾아갔으나 이번 경우는 발견이다.

불쑥 들어섰다. 입구가 좁아서 비를 긋기 좋은 아주 작은 서점일 것이라고 생각했다. 그런데 안쪽을 쳐다보고는 입이 쩍 벌어졌다. 보물 발견이다. 구석구석 쌓아놓은 책들과 사진, 포스터 등이 발걸음을 묶어놓았다. 종일 뒤적거려도 시간 가는 줄 모를 예술 서적 헌책방이다.

수세기에 걸쳐 어떤 이도 나처럼 이 건물 속을 탐닉했을까? 길거리에 천막 하나 씌워놓은 건물처럼 바닥은 울퉁불퉁 보도블록 그대로다. 안은 동굴처럼 깊다. 파리에서 활동한 저명 작가들의 사진집과 도록들이 저렴한 가격에 진열되어 있었다. 말이 중고이지

새 책이나 다름없다. 벽면에는 지금 움직이는 작가들의 사진 작품을 20 유로 안쪽에서 구입할 수 있도록 걸어놓았다. 사진에 관심 있는 사람이라면 꼭 들러보면 좋겠다.

서점은 총 3층으로 되어 있다. 1층과 2층에는 책들이 진열되어 있고, 3층은 잊고 있었을 법한 영화나 뮤지컬 포스터들이 갤러리를 방불케 한다. 오래된 포스터 몇 장 골라 와도 좋겠다. 모나리자는 마레 지구 외에도 파리에 여섯 곳이 더 있다고 한다.

상태 좋고 저렴한 사진집 몇 권 챙겨 돌아오는 길, 마음은 더없이 부자다. 여행자에게 부피 있는 책은 가장 큰 짐이지만 어쩌랴. 이렇게 길 가다 주섬주섬 한두 권씩 구입한 책들이 제법 된다. 한국으로 돌아오기 전날, 이것들을 들고 우체국으로 갔다. 한국으로 부치기 위해서다. 우체국 규격 사이즈 택배를 이용할 경우 와인 한 병을 허용한다. 애호가라면 이 또한 놓치지 말자. 당연히 책과 함께 황금눈물 소테른 한 병 사서 넣었다. 훗날 지인들을 안면도 집으로 불러 이 와인으로 마당에서 파티를 했다.

모나리자
🏠 17 Rue Pavee, 75004 Paris
↖ http://www.monalisait.fr

낯선 인연을 기다리는 셰익스피어앤컴퍼니

여기를 가면 그 사람을 만날 수 있을까? 사람들은 막연히 동경하며 이 삐걱거리는 서점을 찾는다. 영화 「비포 선셋」의 남녀 주인공이 9년 만에 재회한 곳이기 때문일까? 헤밍웨이가 여러 날 머물렀고, 『좁은 문』을 쓴 앙드레 지드가 책을 빌려다 본 곳이다. 100년이라는 시간을 건너오며 가난한 작가들에게 안식처가 되어준, 파리 지성의 상징 셰익스피어앤캠퍼니 Shakespeare & Company. 1919년 11월 19일에 문을 연 이곳은 당초 미국 문학 전문 서점으로 출발했다. 이후 경영난을 겪으면서 주인이 바뀌는 등 곡절이 있었다. 지금은 여행자들이 꼭 방문하고 싶어 하는 파리의 상징 중 하나가 되었다.

파리에 온 이후 두 번째 방문이다. 3구에서부터 걸어서 왔다. 노트르담대성당 강가 쪽에서 흑인 젊은 이들이 싸이의 「강남 스타일」에 맞추어 격렬하게 춤을 추는 모습을 지켜보고는 다리 난간에 기대어 망중한 휴식을 취했다. 이어 라탱 지구 쪽으로 작은 다리를 건너 녹색 간판 앞에 섰다. 한 중년 남자가 입구에 있는 의자에 앉아 노트북에 무엇을 열심히 적고 있었고, 사람들은 가판에 내놓은 책을 뒤적거렸다. 서점은 좁고 촘촘하다. 사람이 비켜 설 만한 공간 외에는

천장까지 책이 빽빽하게 들어서 있다. 사다리를 타고 책을 꺼내는 이가 있는가 하면, 장시간 서서 독서를 즐기는 이도 있다. 귀한 중고 책이라도 한 권 만날까 싶어 세심하게 들여다보는 눈길들이 공간을 더욱 조용하게 만든다.

아, 그런데 2층에서 피아노 소리가 들린다. 계단을 올라가니 마치 영화 속에서 막 나온 듯한 젊은 연인이 너무나 아무렇지도 않게 상황을 즐기고 있는 것 아닌가. 남자는 서툴게 피아노를 치고 있고, 여자는 옆 의자에 살포시 누워 있다. 부러워해야 하는 것이 맞는 상황. 이 서점에서는 사진을 찍지 못하지만, 정말 미안하게도 이 장면을 보고 셔터를 안 누를 수가 없었다. 자연스럽다는 것은 자유를 누리고 있다는 말이다. 이 곰살맞은 상황이 아름다워 보이는 것은 그곳이 바로 파리이기 때문이다. 이 서점에 가는 것은 책을 사기 위해서가 아니라 누군가를 기다리기 위해서다.

셰익스피어앤캠퍼니

🏠 37 Rue de la Bucherie

🚇 클루니라소르본느역(메트로 10호선)

🔧 http://shakespeareandcompany.com

🕐 10시~23시

파리의 과거를 엿보다

"쎄 꽁비앙? 푸리에브 므 베세 르 프리? C'est combien?
Pourriez-vous me baisser le prix?"

"얼마예요? 싸게 줄 수 있어요?"

언어가 안 되면 참으로 난감한 곳이 벼룩시장이기
도 하다. 벼룩시장에서의 재미는 뭐니 뭐니 해도 깎
는 것이다. 나이 든 주인과 흥정하다보면 20유로짜리
가 10유로로 내려간다. 재치를 발휘하면 덤까지 얻을
수 있으니 여행의 맛은 이런 것이 아닐까? 정 안 되면
휴대폰 계산기라도 들이대고 숫자를 말하면 된다.

파리라는 공간에서 동시대를 살아온 누군가의 빛
바랜 시간이 묻어 있는 일상용품들. 손편지에서부터
그림, 일일이 수놓은 조각보, 구두 한 켤레까지 우리
의 생애가 고스란히 펼쳐져 있는 벼룩시장은 과거를
들추며 묘한 추억 속에 빠져들게 한다.

몽마르트 인근에 있는 생투앙벼룩시장에 간 것은
주말이었다. 지하철역에서 시장 쪽으로 가는 길. 신
호등 앞에 서 있는데 흑인 청년이 다가와 가짜 명품
지갑을 내밀며 내 눈동자를 쳐다본다. 이곳은 워낙
위험하여 정신을 바짝 차리지 않으면 곤란해질 수 있
다. 바로 외면하고 신호가 채 떨어지기도 전에 건너
버렸다. 생투앙 입구 쪽 노천시장은 물건들이 허술하

고 중고보다 관광객 호객용 액세서리들이 많다. 안쪽 골목 가게로 들어가야 한다. 낡은 액자를 수선하는 그림 가게 주인이며, 마음을 쏙 훔치는 오래된 그릇들, 작동을 확인할 수 없는 중고 카메라, 조금 비싸게 느껴지던 사진과 잡지들, 쌀쌀 맞게 사진 찍히는 것을 거부하던 할머니까지 종일 물건과 사람을 탐색했다. 결국 오래된 프랑스 가정식 소스 팬을 사서 배낭에 꼽고 다녔다. 아, 그런데 팔뚝 만한 길이의 손잡이가 얼마나 거추장스럽던지 막 후회했다. 나중에 한국에 들어올 때까지 애먹은 생각을 하면 아찔하다.

여담 하나. 숍들을 돌다가 빈티지 구두 가게 앞에서 멈추었다. 천으로 감싼 블루 하이힐이 눈에 들어왔고, 발을 넣어보니 쏙 들어가는 것이었다. 나는 발이 커서 맞는 사이즈를 찾기 힘든 데다가 굽이 높은 신발은 안 사는데, 그날은 홀린 것처럼 꽂혀버렸다. 30유로를 주고 그 힐을 가방에 넣었다. 그런데 동행한 후배의 말이 영 걸렸다. 프랑스 사람들은 헌 신발을 구입하면 종이를 태워 연기를 쏘여준다나 뭐라나. 그 구두를 신었던 영혼을 쫓아내야 내 것이 된다고 눈을 찡긋거리며 말했다. 미신이겠지만 그 말이 자꾸 목구멍의 가시처럼 걸렸다. 집으로 돌아와 신발장에 구두를 넣는데 그 말이 신경 쓰였다. 그래서 목욕탕에 쪼그리고 앉아 그날 사온 소스 팬을 재떨이 삼아 종이 한 장을 태웠다. 구두에 연기를 쏘이며 "이제 이 신발은 내 것이야" 하고 소리쳤다. 곁에서 쳐다보던 빈이 "하이고 어머니" 하며 웃겨 죽겠다고 데굴데굴 굴렀다. 어쨌거나 그렇게 액땜을 했고, 그 구두는 지금 우리 집 신발장에 고이 모셔져 있

다. 발이 아파서 딱 한 번 신었지만.

그렇게 벼룩시장을 돌고 길가 낯선 이탈리아 식당에서 피자까지 맛있게 먹었다. 하루가 달게 지나갔다. 그때 멋진 노인 커플이 있어 사진을 찍어주었는데, 보내주마 하고 받은 이메일을 잃어버렸다. 이 책을 그 커플이 볼 수 있으면 좋으련만, 가능성 없는 일! 파리에서 보낸 그해 여름이 그렇게 느릿느릿 지나갔다.

1. 방브

파리 남쪽인 14구 방브역 근처에 있다. 크지는 않지만 질 좋은 물건들로 가득해서 파리 사람들이 자주 찾는다. 토~일 종일 운영.

2. 몽트레이유

20구 몽트레이유역 근처에서 열리는 오래된 시장으로 토~월 운영한다. 19세기에 시작되었으며 값싼 중고품이 많고 잘 고르면 희귀품들을 건질 수 있다.

3. 생투앙

파리 북부 18구 클리낭쿠르역 로지에르 거리에 있는 시장이다. 토~월 아침부터 저녁까지 열린다. 19세기 말 문을 연 오래된 시장으로 피카소 그림이 발견되어 유명세를 탔다. 주말이면 엄청난 사람들이 몰리며, 가치가 있는 골동품에 대해서는 인증서를 발급해준다.

센강에서 왈츠를

헤밍웨이가 생애 마지막 무렵에 쓴 회고록 『파리
는 날마다 축제』에는 '젊은 헤밍웨이'의 7년간 파리
생활이 담겨 있다. 나는 퐁네프다리 인근을 가면 젊
은 헤밍웨이가 되어 '시테섬 끝자락 뾰족한 뱃머리로
끝나는 지점'을 찾아본다. 책에는 마로니에나무들이
서 있는 작은 공원과, 그 옆에서 낚시하던 사람들의
풍광이 한가롭게 그려져 있다. 헤밍웨이는 이렇게 말
했다.

"날씨가 맑은 날이면 나는 포도주 한 병과 빵 한 조
각, 소시지를 사 들고 강변으로 나가 햇볕을 쬐면서
얼마 전에 산 책을 읽으며 낚시꾼들을 구경한다."

파리 사람들에게 센강변은 과거와 현재를 아울러
일상의 여유이자 숨통이 되어왔다. 센강만큼 시민들
과 가까이 흐르는 강도 드물지 싶다. 파리는 강을 중
심으로 왼쪽으로는 리브고슈Rive Gauche, 오른쪽으로는
리브드와트Rive Droite라고 한다. 리브고슈에는 소르본
느대학, 그랑제콜 등 주요 교육 기관이 위치해 있고,
리브드와트는 정치와 경제의 중심지다. 강 위로는 유
람선이 끊임없이 오고 간다. 관광객들은 손을 흔들며
파리의 안녕을 묻는다.

여름이면 파리의 중심을 가로지르는 센강에는 늦

은 밤까지 낭만이 흐른다. 아니 퐁네프다리를 중심으로 이 강변은 밤에 더 아름답다. 앙리 4세(1553~1610) 때 약 30년에 걸쳐 만든 전설적인 퐁네프다리는 파리에서 가장 오래된 다리다. 문헌에 따르면 물이 말랐을 때 어렵게 여름 공사를 했다고 한다. 그 뒤 약 500년 동안 이 다리는 수많은 이야기를 만들어냈다. 그런 만큼 늦은 밤 이 다리를 산책하는 것만으로도 파리가 더욱 매력적이고 인문학적으로 다가올 것이다. 둘 혹은 넷, 팔짱을 끼고 걷는 사람들, 그리고 어디에서 들려오는 거리 악사들의 바이올린 소리……. 한국에서는 툭툭 털고 다니던 사람들도 왜 파리에만 오면 털털해지는지 길바닥에 잘도 앉는다. 턱을 괴고 앉아 음악을 듣고 저만치 흐르는 강물을 바라보는 일, 그것은 이 도시를 더욱 낭만적으로 만든다. 파리시에서도 부추기듯 쉼이 있는 주변 공간을 만들어주었고, 시민들도 스스로 자신의 끼를 표출하며 문화 공간으로 활용한다. 더위가 식은 한밤, 강변으로 나가보라. 와인과 간단한 음식을 싸들고 와서 속닥거리며 춤을 추는, '한여름 밤의 꿈'을 만들어가는 사람들로 강변은 넘쳐난다.

보따리 장사처럼 등장하는
여름 배구장과 백사장

파리지엔들은 모조리 문을 잠그고 가까운 도버해협에서 스페인이나 동양의 낯선 섬으로 여름휴가를 떠났다. 텅 빈 파리의 여름 거리를 채우는 사람들은 관광객들이다. 괜찮은 레스토랑은 물론 은행이나 관공서마저 문을 닫는다. 동네 빵집까지 다들 대문에 쪽지를 붙여놓고 떠나버렸다. 관광객들을 겨냥한 상가들만 호황이다. 그러나 파리에도 분명 휴가를 못 가는 이들이 있다. 그 소수를 위한, 어쩌면 역으로 모여든 관광객을 위한 파리시청의 노력이 눈에 보여 감동스러웠다.

그들은 시청 앞 광장에 임시로 모래를 깔아 배구장을 만들었다. 웃통을 벗은 파리 남자들이 나이와 상관없이 팀을 이루어 배구를 즐긴다. 아스팔트 위에 깔아놓은 모래 세트장이 낯설어서 넋 놓고 쳐다보았다. 그런데 이어 센강변 쪽으로 내려가니 더 놀라운 일이 벌어지고 있었다. 강변에 인공 모래톱을 설치해놓은 것이다. 세트 무대장처럼 강을 따라 흰 모래를 퍼붓고 파라솔을 펴놓았다. 마치 바다에 온 것처럼 말이지. 사람들은 연극을 하듯 그 세트장에 삼삼오오 몰려와 선탠을 하고 맥주를 마시며 오후를 즐긴다. 아이들은 모래로 소꿉장난을 한다. 가짜임에도 그것

을 즐기는 사람들의 진지함은 진짜다. 겨울이면 서울시청 앞에 등장하는 스케이트장도 이와 다를 바 없겠으나, 이렇게 하는 이유를 군이 대자면 그들의 유별난 햇볕 사랑을 들 수 있을 것 같다. 볕이라면 그악스럽게 쪼이고 따라다니는 정서와 합일했다고나 할까?

겨울로 돌아가보자. 파리의 겨울은 낮이 짧고 비가 자주 와서 늘 으슬

으슬하다. 그래서 파리에서 오래 산 사람들에게는 겨울이면 불청객인 우울이 찾아온다. 괜찮겠지 싶어 대충 걸치고 거리로 나갔다가는 마디 마디 오한이 들어 애먹는다. 그러니 건물 틈으로 손바닥만큼의 볕만 들어도 모조리 해바라기처럼 그것을 따라다닌다. 봄과 가을은 파리에서도 여행하기 좋은 최고의 계절이다.

당당하면 패션이다

진정한 멋쟁이들은 파리를 겨울에 간다는 말이 있다. 파리패션위크, 오트쿠튀르, 프레타포르테 같은 대형 패션쇼가 그때 줄줄이 열리기 때문이다. 자부심으로 목에 힘을 준 빳빳한 런더너들도 있지만, 파리가 런던과 쌍벽을 이루는 문화 예술의 중심지가 된 데는 이 패션 행사의 역할이 크다. 그래서일까? 왠지 파리 사람들은 검정 티셔츠 하나만 입어도 멋이 흐른다. 몸에 밴 감각이니 더욱 샘이 날 지경이다. 해마다 5천만 명 넘는 관광객들이 1년 내내 비수기 없는 도시를 만들지만, 거리를 활보하는 멋있는 파리지엔과 파리지엔느들이 있어 여행할 맛이 더욱 난다. 하지만 난 '당당하면 패셔니스타'라고 여기는 사람이라서인지 자신의 여건을 존중하는 편이다.

음식도 의상과 마찬가지일 것이다. 멋진 요리사는 남의 레시피 신경 쓰지 않고 있는 재료로 최상의 결과를 끌어낸다. 그런 점에서 그 두 가지는 서로 통한다. 파리만큼 의상에 자유롭고 남 신경 안 쓰는 곳도 드물다. 한여름에 무스탕을 걸치고 다니는 사람이 있는가 하면, 겨울에도 가죽 재킷에 반바지 입은 차림을 볼 수 있다. 그렇게 입고 다녀도 누구도 눈길을 주지도 않고 상관하지도 않는다. 그만큼 서로 개성을 인정해준다. 유행과 상관없이 내 의지대로 우기고 입고 다니면 된다. 단 격식 있는 레스토랑에 갈 때는 나의 격도 높여보자. 우아한 날도 있어야 만족도가 높아지는 법이니까.

옷이란 구입하고 일주일이면 기분이 시들해지는 것이라 여성들은 옷을 사도 사도, 옷장이 넘쳐나도 부족하다고 느낀다. 그 많은 옷이 있어도 여행을 간다고 하면 들떠서 한 벌 사고, 여행 중에도 또 산다. 의욕만큼 넘쳐나는 것이 옷이다.

여행 가방을 챙길 때면 지키는 몇 가지 기본 원칙이 있다. 먼저 어떤 신발을 실을지 결정한다. 신발은 들고 다니기 불편하기 때문에 한두 켤레로 버티게 된다. 어떤 여행인지가 중요하다. 나는 일단 오래 걷는다. 그러므로 많이 걸어도 발이 옥죄거나 부어서는 안 된다. 그렇다고 평지를 등산화 신고 다닐 수는 없으니 패션과 실용을 겸한다면 검은색 워커가 늘 답이었다. 이 워커는 정장만 아니면 스커트에서 바지까지 레이어드 패션을 즐기는 내게 전방위로 대응한다. 티셔츠를 입고 남방을 걸치고 긴 재킷을 입고 스카프를 늘어뜨리며 모자까지 쓰는 등 끊임없이 겹쳐 입는다. 여행지에서는 이런 패션이 추위와 더위에 대응하기 편리하다. 더 겹쳐 입을 수도 있고 쉽게 벗을 수도 있으니 융통성을 발휘할 수 있을 뿐만 아니라 멋지게 연출도 가능하다.

여름에 유럽의 젊은 여성들은 속옷 노출을 자연스럽게 한다. 그렇기 때문에 몸을 가리느라 두껍게 입을 필요가 없다. 과감하게 노출을 해보자. 그러다가 그늘 아래에서 한기를 느끼면 배낭에서 스카프 하나 꺼내 두르면 된다. 밤에는 촉감 좋은 얇은 스웨터를 넣고 다니다가 쓱 걸치면 된다. 파리는 한여름에도 평균 기온이 25도 정도로 비라도 내리면 싸하다. 밤에는 솜이불이 필요하다. 한여름에 사계를 다 드나드는 곳이다. 그 모든 패션을 감당해주는 신발이 워커다. 좀 가볍게 신고 싶다면 프랑스의 국민 운동화인 벤시몽 하나 사서 맨발에 신어보라. 그러면 캐주얼

스커트에서 스키니까지 모두 접수해버린다. 사실 정장을 입을 일이 없으면 여기서 끝이다.

그런데 추울 때는 대책을 세워야 한다. 한국처럼 쨍하게 추운 것이 아니기 때문에 막 거리로 나서면 '이 정도야' 싶은데 한 시간쯤 걷다보면 으슬으슬 오한이 인다. 뼛속까지 춥다는 것이 이런 것이구나 싶다. 그러므로 추위와 맹렬하게 대적할 코트와 부츠부터 정하고 그에 맞게 안쪽 옷을 선택하는 것이 실패하지 않는 옷 입기다. 크게 겉옷을 결정하면 그것의 부피와 스타일, 색깔에 따라 속에 입을 옷들은 자연스럽게 구획이 그어진다.

유럽 여성들 사이에서도 스키니 열풍은 끊이지 않아서 거리의 큰 물결을 이룬다. 스키니와 가죽점퍼 차림은 겨울을 지나 여름까지 지속된다. 비가 잦은 파리나 런던의 사람들은 선글라스와 우산을 함께 들고 다닌다는 우스갯소리가 있는데, 그만한 이유가 있다. 물론 우산은 잘 안 들고 다니지만 비와 한기를 어느 정도 가릴 수 있는 만능 아이템이 바로 가죽점퍼다. 런더너들에게는 슬로우 패션으로 불리는 사계절 바버barbour가 그것에 해당한다. 이 도시는 바바리코트와 잘 어울린다. 한국 사람에게는 접으면 핸드백에 들어가는 작은 우산 정도 챙기는 것이 정서적으로 맞다. 색깔 맞추어 사각 스카프 서너 장 챙기면 옷 열 벌이 부럽지 않다. 포인트를 줄 수 있고, 으슬으슬할 때면 보온도 되고, 급하면 풀밭 위 돗자리가 되어주니 기능으로나 멋으로나 얼마나 멋진가.

파리는 위험하다, 지저분하다

"베르사유궁전에 갈 때 혼자라면 기차 2층은 타지 않는 것이 좋아요. 특히 사람이 없을 때 호젓하게 낭만을 즐기려다 소매치기를 당하는 경우가 있죠."

파리에서 번역가로 활동 중인 은진 씨는 사례를 들려주며 늘 조심할 것을 당부했다. 어린 집시들이 몰려다녀 순식간에 다 털리는 경우가 흔하기 때문이다. 경기가 나빠지면서 동유럽권에서 넘어오는 '어린 손님'이 관광객들을 대상으로 대놓고 신체를 위협하며 지갑을 갈취하여 파리는 애를 먹고 있다. 특히 커다란 카메라를 늘 끼고 다니는 난 긴장의 끈을 놓을 수가 없다. 위험 지역에서는 단단한 배낭에 넣고 다녔다. 지하철 등에서는 낯선 사람과 눈을 마주치지 않도록, 시크하게, 관광객 티를 안 내려고 애썼다. 아이폰은 테이블 위에 놓는 순간 이미 내 것이 아니라는 말이 있다. 지하철 역사, 샹젤리제 거리, 오페라극장, 백화점 주변에서는 경계를 늦추면 안 된다. 누가 도둑이고 경찰이고 관광객인지 구별하지 못하는 상황에서 두리번거리다보면 두세 명씩 몰려다니는 소매치기에게 혼이 쏙 빠져 모두 잃게 되기 때문이다.

게다가 파리의 악조건 중 하나는 지저분하다는 것이다. 과거로 거슬러 올라가면 많은 이야기가 회자된다. 역사적으로 문화의 중심지였지만 뒷골목은 냄새가 역하고 불결하다. 봉건제도 아래에서 귀족, 상인, 빈민층이 섞여 살았기에 보이는 곳과 보이지 않는 곳의 차이가 컸을 것이다. 듣기로는 하수도 시설이 마땅하지 않아서 창밖으로 오물을 던지던 시대도 있었다고 한다. 하이힐이 등장한 것도 그 오물을 피하기 위해서라고 하니, 파리로서는 참으로 수치스러운 이야기다. 하지만 진실이다. 도시가 정비되고 지금처럼 반듯한 골목이 등장한 것은 나폴레옹이 집권하면서부터이지만, 지금도 파리는 냄새가 끓는다.

아무래도 지하철 주변이 그 냄새의 진원지다. 오후가 되면 쓰레기통을 뒤지는 가난한 사람들이 여전히 눈에 띈다. 몇 개월 살아보니 분리수거는 병과 캔, 종이, 플라스틱만 함께 모아 하지 싶다. 나머지는 음식물까지 비닐에 모아 한꺼번에 버린다. 새벽이면 쓰레기차가 윙윙 소리를 내며 골목을 훑고 다니는데, 쓰레기통을 거꾸로 뒤집어 쏟는다. 쓰레기들은 몽땅 하나로 섞인다. 왜 그런지는 더 살아보아야 할 것이나, 잠깐 살아본 파리는 의문점이 많다. 그렇다고 쓰레기통까지 노려보고 있는 난 뭔가.

파리에서는 상제리제 거리나 대형 쇼핑몰, 대중교통 안에서 소지품을 잃어
버리는 경우가 흔하다. 범인들은 용케도 관광객을 알아보고 따라붙는다. 현
찰을 많이 들고 다니는 한국 사람들은 더욱 조심해야한다. 문제가 생기면 일
단 인근 경찰서를 방문하여 분실물 신고서(police report)를 작성하는데, 이때
'lost'가 아니라 'stolen'이라고 써야 한다. 17번으로 전화를 걸면 모두 연결되
어 24시간 민원 해결이 가능하다. 단 길거리에서 경찰이라고 하면서 소지품
검사를 요구하는 사람은 도둑이나 소매치기일 가능성이 높다. 경찰은 길거리
에서 소지품 검사 요구를 하지 않는다.

파리를 한눈에 내려다볼 수 있는 곳

화가 모리스 위트릴로Maurice Utrillo의 그림 속 몽마르트 풍경은 현실 속에서도 그대로일까? 언덕을 올라가며 숨찬 걸음을 자꾸 멈춘다. 해발 130미터의 몽마르트 언덕은 파리에서 지대가 가장 높은 곳이다. 하지만 막상 올라가보면 조금 높은 둔덕 정도에 불과하다. 북쪽에 위치하고 있어 북동쪽에 있는 드골공항을 통해 파리로 막 들어온 사람들이 첫 여행지로 찾는 곳이기도 하다. 이곳은 시내와는 떨어져 있다. 지하철을 타고 가면 편하다. 그런데 막 지하철에서 나오면 호객꾼과 다양한 인종들이 섞여 있는 기묘한 분위기와 마주친다. 나중에 파리에 익숙해지면서 원단시장 구경을 올 때는 마음이 편했지만, 좀처럼 경계를 풀기가 어려운 곳이다.

영화 「아멜리에」를 촬영한 과일 가게며 회전목마에 눈길을 주고, 전 세계 말로 적혀 있는 '사랑해 벽'을 훑어보며 구불구불 골목길을 따라 올라가면 화가들이 몰려 있는 테르트르광장이 나온다. 공짜로 그려주겠다는 사람도 있으나, 세상에 공짜는 없는 법이다. 이곳 또한 조심해야 한다. 들러야 할 곳이 또 있다. 흰 파사드와 돔이 웅장한 사크레쾨르대성당. 이 건물은 프랑스가 프로이센전쟁에서 패배하고 코뮌의 암흑기에 가톨릭교도들을 다독이기 위해 지은 것이다. 40년에 걸친 대공사였다고 한다. 워낙 사람들이 많이 모여들다보니 협잡꾼도 많아서 이곳에 오면 정신이 쏙 빠진다. 하지만 성당 계단에 앉아 먹먹한 파리 시내를 내려다보는 즐거움은 크다. 어디를 가도 이렇게 여유를 갖고 파리 시내를 내려다볼 수 있는 장소는 드물다.

파리 시내를 내려다볼 수 있는 곳은 정해져 있다. 물론 에펠탑 전망대에서 샴페인 한 잔 마시며 보는 야경이나 개선문을 빼놓을 수 없지만, 줄을 서야 하는 데다가 비용도 든다. 나는 퐁피두센터 전시를 관람한 뒤 꼭대기 층 카페나 에스컬레이터 옆 창문 밖으로 바라본 경치가 좋았다. 오르세미술관 시계탑에서 밖을 내다보면 센강과 몽마르트 언덕, 사크레쾨르대성당이 보인다. 그러나 적극 추천하고 싶은 곳은 프랭탕백화점 9층 테라스다. 비용 안 들이고 테라스를 한 바퀴 돌며 파리의 사방을 두루 살펴볼 수 있다. 오후 늦게 올라가면 도시를 덮는 찬란한 저녁놀이 테라스 가득 고인다. 카메라가 연방 춤춘다.

아, 백화점 이야기가 나왔으니 팁 하나. 세계에서 가장 오래된 데다 파리 상류층의 사치를 엿볼 수 있는 봉마르셰백화점을 둘러보자. 명품들을 아이쇼핑하고 로즈베이커리 Rose Bakery 카페에서 디저트 케이크와 커피를 한 잔 하는 것도 좋다. 조각으로 파는 무화과 케이크는 특별했다. 특히 식재료에 관심이 많은 사람은 주머니를 단단히 여미고 가야 한다. 비밀을 이야기하자면 3층 서점은 내가 몰래 지적 사유를 즐기는 비밀 공간이었다. 사람이 많지 않거니와 쾌적해서 책을 보거나 누구를 기다리기 딱 좋다. 소파까지 놓여 있어 사진집 몇 권 보고 있자면 두어 시간이 훌쩍 지나간다. 세브르바빌론역에서 걸어서 2~3분 거리에 있다.

날마다 퐁피두

거대한 철골 트러스 속의 원색 배관들. 계단을 타고 예술 작품들이 인형처럼 찍혀 나올 것 같은 문화 공장이다. 푸른 건물에 흰 구름이 두둥실 걸리면 상상력은 무한 작동한다. 파리에서 세 손가락 안에 드는 미술관이라거나, 유럽 최고의 현대 미술 복합 공간이라는 명칭보다 더 중요한 것은, 퐁피두센터 내부로 들어가지 않아도 그 주변에서 거리 예술가들의 아낌없는 자기표현을 만끽할 있다는 점이다. 바닥에 무엇을 그리고 지우기를 무한 반복하는 아티스트가 있는가 하면, 네팔에서 온 긴 나팔을 불며 명상 속으로 들어간 여인, 가위와 보자기 하나 들고 나와 커트를 해주며 교감하는 흑인 이발사, 만화 속 주인공 복장을하고 나와 아이들을 홀리는 마법사, 채플린 복장을한 줄타기 장인까지 자유로운 영혼들의 무대는 날마다 보아도 지루하지 않았다. 먹다 남은 딱딱한 빵을들고 나와 잘게 부수어 비둘기에게 던지는 어린 동물보호론자는 어떤가. 그렇듯 이곳에서는 모든 행위가퍼포먼스가 된다. 제재하거나 질타하는 사람은 없다. 재능을 인정하고 박수를 쳐주며 후원까지 아끼지 않는다. 단 서명 운동을 하거나 시위와 관련된 행사를하려면 신고를 해야 한다. 그래서 내 출근지는 퐁피

두 광장이었다. 좋은 전시가 있으면 오픈하는 11시에 맞추어 미리 줄을 섰다가 종일 센터를 둘러보았고, 대개는 센터 밖에서 파리의 자유를 만끽했다.

그래서 파리의 퐁피두센터는 내 앞마당이자 안식처다. 비가 오는 날도 볕이 쨍쨍하게 든 날도 특별한 스케줄이 없는 한 난 이 근처를 어슬렁거렸다. 키스를 하는 연인들 틈에서 책을 읽거나 누워서 하늘을 보았다. 어떤 날에는 검은 잉크를 이용하여 그림을 그리는 작가에게 꽂혀 소품 세 점을 샀다. 드물게 춤과 노래를 강제로 보여주고 동전을 갈취하듯 받아내는 무리도 있지만, 퐁피두에서 보내는 시간은 늘 느리다. 센터를 향해 있는 주변 카페는 사람들로 꽉 차 있다. 그들이 꼭 일이 있어 이곳으로 드나드는 것은 아닐 것이다.

한 도시를 여행한다는 것은 그곳의 문화를 체험하는 것이다. 그것은 그들의 일상 속으로 들어가는 것이다. 문화가 다르다면 알게 모르게 불편하게 다가오는 것이 에티켓이다. 그 하나가 유럽 가서 두어 번 만나 서로 알게 되면 나누는 인사법인 볼키스다. 친근한 사람끼리 하는 볼키스를 프랑스 사람들은 비주bisou라고 한다. 만나거나 헤어질 때 상대 볼에 볼을 대거나 살짝 키스하는 전통적 인사 방식인데, 네 번을 하기도 한다. 이는 유럽의 어느 나라를 가든 마찬가지다. 동양인들은 살짝 포옹은 하더라도 비주 인사법은 익숙하지 않다. 그래서 어설프게 엉덩이 뽑고 끌려가듯 좌우 볼만 움직이는데, 나만 그러려나? 처음 만난 사람끼리는 악수를 하는데, 우리처럼 힘껏 잡으면 에티켓에서 벗어난다.

수년 전 보르도에 갔을 때 난 한 귀족 가문의 저녁 식사에 초대를 받았다. 거실에서 간단한 에피타이저를 먹으며 이야기를 나누다가 열 명이 앉는 식탁으로 이동했다. 주인은 좌석을 일일이 정해주었다. 가장 중요한 사람을 자기 오른쪽 옆에 두는 듯했다. 가운데쯤에는 동네 친구 두 분을 앉혔다. 프랑스 사람들은 식사 자리에서 침묵하는 것을 매우 어색해한다.

그래서 그날 초대된 손님들과 계속해서 대화하게 하려는 배려로 보였다. 이윽고 전채 요리가 나왔다. 하지만 누구도 식사를 하기 위해 손을 움직이지 않았다. 그때 음식을 준비한 주인의 여동생이 부엌에서 나왔다. 순간 두 분의 동네 친구가 의자에서 벌떡 일어섰다. 오른손을 정중히 들어 자리에 앉으시라는 인사 표시를 했고, 안주인 역할을 한 그 여동생이 자리에 앉자 비로소 식사가 시작되었다.

이날 난 프랑스의 한 가정집에서 많은 에티켓을 배웠다. 서로 가볍게 악수하고, 주인이 자리를 배석하기 전까지는 앉지 않으며, 안주인이 앉고 난 뒤 식사를 시작하며, 대화는 끊임없이 이어져야 한다는 것 등이 그것이다. 아, 또 하나 있다. 연장자가 재킷을 벗지 않으면 모두 그대로 앉아야 한다. 에티켓은 상대방에 대한 배려다. 너무 부담 갖지 말고 눈치만 빠르면 되는데, 그것이 참 쉽지 않다.

파리 낭만의 꼭짓점, 도빌

"그녀는 양털 원피스에 머리에는 챙 없는 모자를 쓰고 개에게 물리지 않기 위해 부츠를 신고 있었다. 그녀는 두 수영 선생의 부축을 받으며 자갈밭에 발을 내디뎠다. 흰 장갑을 낀 주치의가 그녀의 뒤를 따랐다. 머뭇거리는가 싶더니 공작부인은 이내 물속에 몸을 담그기 시작했다."

피에르 제르마의 『만물의 유래사』를 보면 프랑스 최초로 해수욕을 한 여인이 나온다. 바로 부르봉 왕족의 베리Verry 공작부인으로서, 그녀는 1822년 북서부 노르망디에서 양털 원피스와 부츠를 신고 수영했다고 한다.

이곳 옹플뢰르 출신의 화가 외젠 부댕Eugène Boudin은 귀족들의 별스러운 해수욕 모습인 '해변의 전경'을 놓치지 않았다. 귀부인들이 몰려오면서 모네를 비롯한 인상파 화가들 또한 서둘러 이젤을 폈을 것이다. 그 까마득한 19세기, 카부르에서 디에프까지 노르망디 해변을 거닐던, 뒤를 부풀린 드레스를 입고 양산을 든 귀부인들을 상상하면 자못 웃음이 터져 나온다. 신체 노출이 가장 많이 허용되는 공간에서 조이고 부풀린 의상의 이질감 때문일 것이다. 그 로망은 후대로도 이어져 지금도 노르망디 해변은 호텔, 별

장, 카지노, 경마장 등 상류층 코드가 뒤섞여 있는 꿈의 백사장이다.

"로베르가 운전해주기로 했어요. 노르망디로 소풍 가요."

지인에게서 메시지가 왔다. 트루빌 도빌역에 기차가 닿기는 하지만, 차가 없으면 움직이기 어려운 곳이니 기회가 닿으면 무조건 가야 한다. 교통 체증도 있어 당일 여행 코스로 빠듯하다. 동행하기로 한, 파리의 인문 지성 로베르의 동생이 도빌에 산다고 했다. 이른 아침 우리는 약 두 시간 반을 예상하고 복잡한 파리를 탈출했다.

야호! 『마담 보바리』의 작가 플로베르가 아꼈고 코코 샤넬이 상점을 열었다는 그 도빌 해변이다. 붉고 푸른 파라솔이 꽃을 피웠다. 드넓은 백사장은 끝이 안 보인다. 선탠을 즐기는 여인들이 아무렇게나 누워 있고, 어린아이들은 알몸으로 뛰어다닌다. 우리는 인상파 그림 속의 여인

들처럼 우아하게 모래밭에 돗자리를 깔고 자리를 잡았다. 이 노르망디에서 한국 소풍의 백미인 김밥을 맛볼 줄이야! 그녀가 곱게 말아 온 김밥을 오물거리며 마시던 와인 한 잔. 최고의 미식은 그 장소와 어울리는 음식이기도 할 터이니 무슨 말이 필요할까. 비록 수영을 하지는 않았지만 맨발로 백사장을 걸었다. 낮고 느긋한 목소리가 흘렀고, 간간히 웃음도 터져 나왔다. 1966년 제작된 클로드 를루슈 감독의 영화 「남과 여」의 배경이었던 해변이기 때문일까? 프랑시스 레이가 작곡한 주제가가 귓가에 맴돌았다. 바바밤 바바바밤······.

툴툴 털고 산책하듯 걸어서 간 곳은 옆 동네 투르빌이다. 카페에 앉아 에스프레소를 시켜놓고 노닥거리다가 "여기까지 왔는데"를 외치며 서로 눈빛이 통해 간 곳은 어시장이다. 파리에서는 싱싱한 해산물을 만나기 어려우니 그 갈증은 컸다. 굴에서 새우, 고동, 가재, 생선들까지 좌판은 찬란했다. 몇 가지 골라 한 접시 만들고 화이트 와인을 주문했다. 난 바닷가에 살고 늘 싱싱한 생물들을 즐기는지라 솔직히 맛이나 신선도는 그저 그랬다. 하지만 중요한 것은 이 낯선 바닷가에서 만나는 낯선 햇볕과 목소리와 와인이 나를 들뜨게 한다는 사실. 내 기준의 여행 삼박자가 갖추어진 것이다.

파리에서 조금 넉넉하게 머물게 되거든 꼭 노르망디를 여행하라고, 그래서 낭만의 꼭짓점을 맛보라고 전하고 싶다. 그렇다. 도빌에서는 아무것을 하지 않아도 좋다. 한없이 정갈한 햇볕과 느린 바람, 그리고 바다만으로 충분하니까.

노르망디 각 마을에서는 주말마다 독특한 시장이 열린다. 푸아그라, 꿀, 중동 향신료, 시푸드 등이 나온다. 라부유의 생피에르 식당을 가면 서른 가지가 넘는 노르망디 치즈가 나오니 놓치지 말자. 루앙의 질(Gill) 레스토랑도 주목할 만하다(이곳 셰프의 이름이 질 투르나드르(Gill Tournadre)다). 미슐랭 가이드 별점 두 개를 받은 곳이다. 노르망디 최고의 식재료를 바탕으로 창의적인 메뉴들이 나온다.

치즈와 사과 와인이 맛있는 퐁레베크 마을

풍레베크Pont-L'Évêque는 프랑스에서 가장 오래된 치
즈 중 하나로, 12세기 노르망디 시토수도회 신부가
처음 만들었다. 처음에는 영국 동전 앙젤로angelot처럼
생겼다고 해서 앙젤로라 불리다가 17세기 무렵에 지
금의 이름을 되찾았다. 기욤 드 로리Guillaume de Loris의
책『우의적 표현을 가진 중세 시대의 시 Roman de la Rose』
을 보면 "잘 차려진 식탁에는 항상 앙젤로 치즈(퐁레
베크)가 디저트로 갖추어져 있어야 한다"라고 할 정
도로 이것은 치즈의 역사에서 빼놓을 수 없다. 퐁레
베크는 암모니아 향이 나는 디저트 치즈다.

노르망디 도빌을 출발한 일행은 10킬로미터쯤 떨
어진 퐁레베크 마을에서 이 치즈와 알코올 3.5퍼센트
의 사과 와인 시드르를 맛보고 싶어 했다. 특히 노르
망디는 프랑스 최고의 유제품을 생산하는 곳이라 신
선한 치즈를 먹을 생각만 해도 들뜬다. 게다가 가죽
장인이 있다는 로베르의 귀띔도 솔깃했다. 그곳은 제
법 큰 하천을 낀 아담하고 호젓한 마을이었다. 우리
는 성당과 빵집을 들렀고, 여성 가죽 장인을 만나 가
죽 다루는 이야기도 들었다. 사진 욕심이 나서 중심
가 정육점에 들렀다. 유리창에는 "이곳이 산지인 카
망베르, 리바로, 퐁레베크 치즈 수제 장인 상점"이라

고 적혀 있었다. 소시송에서부터 치즈며 고기까지 가게는 먹음직한 것
들로 가득 차 있었다. 넥타이를 단정하게 맨 주인이 반갑게 맞았다. 저
녁 준비를 하러 온 마을 주민들의 발길이 이어지고 있었다.

　가죽 장인의 소개를 받고 찾아간 동네 맛집은 하필이면 문이 닫혀 있
었다. 이럴 때 유용한 것이 기웃거리기다. 동서양을 막론하고 마을 사람
들이 가장 많이 가는 곳을 찾아가면 실패하지 않는다. 그렇게 찾아낸 곳
이 라포포트앙코코트 La Popote en Cocotte다. 시드르 한 병 주문하고 단품과
코스를 섞어서 시켰다. 역시나 카망베르치즈와 견과류, 채소를 곁들인
앙트레가 인상적이었다. 실내를 거쳐 지나가는 야외 안뜰에 어둠이 서
서히 내렸다.

몽생미셸과 생말로

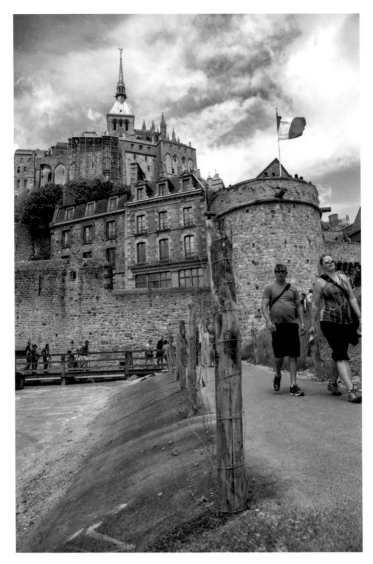

도빌에 다녀온 이듬해, 다시 파리를 벗어나 고속도로로 들어섰다. 몽생미셸과 생말로를 가는 길이다. 늦여름 하늘의 구름은 높았고, 끝없이 펼쳐진 밀밭에는 건초더미가 쌓여 있었다. 새로운 여행지에 대한 기대는 늘 마음을 설레게 한다. 966년 노르망디를 지배하던 리처드 1세 공작이 베네딕트 교단의 수도원으로 지정한 몽생미셸은 둘레가 900미터이고 높이가 78.6미터인 거대한 바위산 수도원이다. 나는 오직 이 정보만 가지고 그곳으로 향했다.

대천사 미카엘은 왜 그 산꼭대기에 성당을 지으라고 했을까? 주차장에 차를 세우고 바라보니 저만치 까마득한 봉우리가 신비감을 자아낸다. 기차로 승용차로 어렵게 도착한 여행자들은 이미 셔틀버스 속에서부터 탄성을 지른다. 마치 하늘로 이어질 것만 같은 이 거대한 바위산 수도원을 보면 종교와 상관없이 누구나 경외감이 들 것이다. 야경을 놓치고 싶지 않은 사람들은 오전에 몽생미셸을 둘러본 뒤 성에서 점심을 먹고 인근 50분 거리에 있는 생말로로 간다. 그곳의 바닷가를 즐기고 저녁 식사를 한 뒤 늦은 시간에 다시 몽생미셸로 오는 것이다. 그렇게 해도 좋을 만큼 이곳의 야경은 빼어나다. 만조 때는 방파제만 남고 바다로 둘러싸인다.

성 입구에서부터 관광객이 넘쳐난다. 기념품 가게며 길목이 복잡하다. 입장료를 내고 성에 들어서면서 사람들은 그 웅장함에 압도되어 말수를 줄인다. 벽을 채우고 있는 돌과 이끼, 손때를 타 반들반들한 손잡이, 어두운 성당 안으로 들어오는 한줄기 빛까지 시간이 채운 거룩한 공간이 느껴진다. 나는 신을 믿지는 않지만 의자에 앉아 두 손을 모았다. 눈을 감아본다. 많은 시간이 창문에서 쏟아지는 흰 먼지처럼 지나간다. 빈이 어깨를 흔들지 않았더라면 무념의 시간이 더 흘렀을 것이다. 다시 마음을 가다듬고 성 꼭대기로 올랐다. 다소 센 바닷바람과 따가운 볕이 정신없이 부대꼈다. 두 팔 가득 벌리고 받아본다. 사람 무서운 줄 모르는 갈매기가 가까이에서 날갯짓을 한다. 참 잘 왔다는 생각이 든다. 하지만 이곳도 관광지인지라 식당 줄은 길고 음식은 못마땅하다. 노르망디 쪽인 만큼 점심으로는 홍합찜과 화이트 와인 한 잔을 시켜 먹었다.

곧바로 17세기 해적의 도시인 생말로로 달렸다. 브르타뉴 지역이니 멀리 왔다. 여기서는 어쩌면 영국이 더 가까울 수 있겠다. 하지만 성곽 산책길과 저만치 보이는 그랑베섬, 그 아래 카약을 즐기는 사람들, 모래밭에서 느리게 볕을 쪼이는 사람들을 보니 파리로 돌아갈 마음이 쑥 들어갔다. 물이 빠지면 걸어 들어갈 수 있는 그랑베 섬에는 문호 샤토브리앙의 묘지가 있다. 어쩌면 오늘 성 안쪽에 있는 어느 호텔에서 유로피안 휴가처럼 하루 더 머물 수도 있을 것 같았다. 그래서 제일 먼저 발가락 샌들을 사 신었다. 구시가 골목골목 거닐었다. 해질 무렵, 오래된 성곽을 보호하기 위해 세웠다는 참나무 방파제 쪽으로 갔다. 그림자가 길어졌다. 저녁놀이 지기 시작했다. 바닷가에 앉은 사람들은 일어설 줄 모른다. 바다를 향해 선 건물로 붉은 그날 마지막 볕이 떨어졌다.

빈틈없이 돌로 채워진 구시가는 견고한 화강암 덩어리 같았다. 바닷가 기후 때문이겠지만 모든 건물이 돌로 되어 있다. 이곳은 제2차세계

대전 당시 독일 점령지였다. 한나절 여행자가 느끼기 어려운 아픔이 있었을 것이다. 둘러보니 음식점으로는 홍합집이 많다. 본래 프랑스 북서부의 대표 음식은 아티초크나 양배추 같은 채소와 크레페다. 사과 와인 시드르를 한 잔 해도 좋다. 아무래도 바닷가라 해산물이 풍부하다. 낯선 식당으로 들어서서 모듬 해산물을 시켰다. 웨이터가 늑대 그림이 그려져 있는 지역 맥주 샤말로Chat Malo를 추천했다. 흑갈색을 밀고 올라오는 거품이 눈으로 보기에도 맛있다. 진득한 캐러멜 향과 함께 목젖을 매끈하게 타고 넘기는 질감이 제법 우아하다. 어둠이 내린 생말로를 떠나며 혼잣말로 중얼거렸다. 다시 올거야. 그때는 이 성 안에서 두어 날 묵을 것이고.

실 부 플레!

어느 날 난 뉴스를 보며 적이 놀랐다. 프랑스 아이들은 가정식이 아닌 학교 급식에서도 제대로 갖추어서 먹는 것이었다. 수많은 아이들이 있는 그 복잡한 학교 급식에서 치즈를 포함하여 네 개의 코스를 순서에 맞추어 먹다니 근사하지 않은가. 게다가 프랑스와 이탈리아에서는 식사 때 아이들에게 물에 탄 포도주를 함께 마시도록 권장한단다. 포도주의 나라이기 때문이기도 하지만, 어릴 때부터 그렇게 식습관을 길들이면 어른이 되어 알코올 중독을 예방할 수 있기 때문에 체계적으로 학습시킨다고 한다.

제대로 된 프랑스식 정찬은 '에피타이저 apéritif─전채 요리 entrée─주요리 plat principal─ 치즈 fromage─디저트 dessert─커피 café'로 구성되며, 세 시간 가까이 이어진다. 그러나 이것은 어디까지나 제대로 된 레스토랑의 일이라고 여길 법한데, 학교에서도 이런 정찬을 줄인 간단한 코스를 지킨다. 그런 식으로 아이들은 자신들의 식문화를 이어가는 훈련을 하는 셈이다. 그들은 집이든 학교든 레스토랑이든 제대로 갖춘 식탁에서 에티켓을 자연스럽게 익힌다. 친구가 올 때까지 기다린다든지, 식탁 위에 팔꿈치를 올리지 않는다든지, 팔걸이에 기대지 않는다든지, 신발은 샌들이라도 절대 벗지 않는다든지 등을 말이다. 또한 사람들 있는 데서는 하품을 해서도, 코를 풀어서도, 재채기를 해서도, 의자에 발을 올려서도 안 된다는 것을 눈치껏 알게 될 것이다.

우리도 마찬가지이지만, 이런 에티켓은 사실 어른들의 선행이 필요하다. 식당에서 웨이터를 부를 때 우리는 어떻게 하는지 떠올려보자. 혹시 큰 소리로 사납게 "아줌마"라고 외치지는 않는가. 프랑스인들은 주문하고 싶은 것이 있으면 종업원과 눈이 마주쳤을 때 손을 살짝 들어 "므슈" 혹은 "마담"이라 부르고, '부탁할 것이 있습니다'를 뜻하는 "실 부 플레 s'il vous plaît"라는 말을 통해 의사를 전달한다. 이런 것은 모두 부모에게서 배운다. 프랑스에서 웨이터의 역할은 주문을 정확하게 받고 서빙을 제대로 하는 것이지, 몸을 굽혀 요란한 친절을 보이는 것이 아니다. 미국과 달리 팁도 주든 안 주든 상관없다. 계산서에 포함되어 있으니 말이다. 목소리를 낮춘다는 것은 자기를 높이는 일이다.

참, 프랑스어가 나온 김에 한 단어 정도는 알아두면 좋겠다. 내가 외우고 다니는 몇 안 되는 프랑스 단어 중 하나가 "라디시옹 L'addition"이다. 프랑스인들은 우리처럼 나가면서 계산하는 것이 아니어서 계산서를 달라고 하지 않으면 일어설 때까지 가져오지 않는다. 그러니 이 정도는 외워두실 것.

"라디시옹, 실 부 플레!"

프랑스 사람들은 가볍게 기차 여행을 가더라도 도시락조차 조금 다르게 싸 온다. 비록 샌드위치여도 순서를 지켜 몇 가지 코스로 준비한다.

집에서 여는 파티도 마찬가지다. 그들은 비록 집이라도 레스토랑처럼 꾸미기를 좋아한다. 그러니 초대받는 손님도 격식을 갖춘 자리라면 여성은 치마 정장을, 남성을 넥타이를 매는 것이 예의다. 주의해야 할 것은 우리처럼 미리 가면 곤란하다는 것이다. 주부가 준비하는 시간이 복잡하므로 정시보다 10~15분 정도 늦게 도착하는 것이 분위기를 좋게 한다. 이때 와인이나 초콜릿 등 마음을 담은 선물을 들고 가는 것도 잊지 말자.

아, 기억해둘 것이 하나 있다. 손님이 선물을 들고 오면 당신은 어떻게 하는가? 어떤 선물이라고 이야기할 텐데, 가능하면 그 자리에서 풀어보는 것이 좋다. 예를 들어 손님이 초대해준 사람과 함께 즐기고 싶어 꽁꽁 숨겨둔 1970년산 와인을 들고 왔다고 치자. 한국식이라면 주인은 자신이 준비한 와인을 꺼내놓고 선물받은 와인은 뒤로 미루어둔다. 그러나 그것을 선물한 사람은 함께 즐기고 싶어 아끼던 와인을 들고 간 것이다. 얼마나 섭섭할까? 그 자리에서 열어서 선물에 담긴 의미를 풀어놓고 같이 즐긴다면 더없이 좋은 기억으로 남을 것이다. 선물은 바로 뜯자. 포장지를 박박 뜯든 조심스럽게 풀든.

"이렇게
무심히
걸으면서
나는
많은 자유를
얻었다"

사랑이 파리를 맛있게 했다

© 손현주, 2016

초판 인쇄   2016년 1월 20일
초판 발행   2016년 1월 25일

지은이   손현주
펴낸이   정민영
책임편집   임정우
편집   김소영
디자인   강혜림
마케팅   이숙재
제작처   상지사

펴낸곳   (주)아트북스
브랜드   앨리스
출판등록   2001년 5월 18일 제406-2003-057호
주소   10881 경기도 파주시 회동길 216 2층
대표전화   031-955-8888
문의전화   031-955-7977(편집부) 031-955-3578(마케팅)
팩스   031-955-8855
전자우편   artbooks21@naver.com
트위터   @artbooks21
페이스북   www.facebook.com/artbooks.pub

ISBN 978-89-6196-257-5 03810

• 이 도서의 국립중앙도서관 출판예정도서목록(CIP)은
  서지정보유통지원시스템 홈페이지(http://seoji.nl.go.kr)와
  국가자료공동목록시스템(http://www.nl.go.kr/kolisnet)에서 이용하실 수 있습니다.
  (CIP제어번호: CIP2016001124)